poétnica

poética

NEI LOPES

mórula
EDITORIAL

REVISÃO
Luís Gustavo Coutinho

CIP-BRASIL. CATALOGAÇÃO NA PUBLICAÇÃO
SINDICATO NACIONAL DOS EDITORES DE LIVROS, RJ

L854p Lopes, Nei, 1942-
Poétnica / Nei Lopes. – 1. ed. – Rio de Janeiro : Mórula, 2014.
192 p. ; 23 cm.

Inclui apêndice
ISBN 978-85-65679-21-3

1. Poesia brasileira. I. Título.

14-08609 CDD: 869.93
CDU: 821.134.3(81)-3

R. Teotonio Regadas 26, 904 – Lapa – Rio de Janeiro
www.morula.com.br | contato@morula.com.br

À memória de Manoel Alves de Mendonça, tio e padrinho,
que nos meus treze anos me apresentou Bilac.

Para Sonia, musa indestrutível.

nota dos editores

NEI LOPES TEVE SEUS PRIMEIROS poemas publicados em jornais na década de 1960 e depois na revista Civilização Brasileira (n. 7, maio de 1966), pela mão do diretor responsável M. Cavalcanti Proença. Na década seguinte, o brasilianista David Brookshaw, então professor da Queen's University, de Belfast, publicou o texto 'Quatro poetas negros brasileiros' na Revista de Estudos Afro-Asiáticos (n. 2, 1978, p. 30-43). Nesse texto, o teórico inglês analisou a produção de Nei Lopes, reunida num volume intitulado 'Feira Livre', jamais publicado, comparando-a muito positivamente às de Lino Guedes, Solano Trindade e Eduardo de Oliveira. Entretanto, somente em 1996, Nei Lopes lançou um volume reunindo suas poesias: 'Incursões sobre a Pele', publicado pela Artium Editora.

O presente volume, então, compila toda a poesia do autor produzida no período de 1966 a 2013, excluída sua porção cancionista, materializada em mais de três centenas de títulos tornados públicos, desde 1972, nas vozes de importantes intérpretes da música popular brasileira.

sumário

implicando nei lopes

HÁ COISAS – OBJETOS, FATOS, TEXTOS – que demandam apenas explicação. Isto quer dizer propriamente 'desdobrar', 'destrinçar' racionalmente. Sem pedantismo, um latinório: *explicare* significa dobrar algo de dentro para fora, para levantar o véu do sentido e acender, para um outro, a luz do entendimento.

Implicar, ao contrário, é dobrar de fora para dentro, envolvendo ou atraindo o outro, de modo a que seja dual a luz do sentido. A implicação não é o jogo cerebral do entendimento, mas uma forma ativa e afetiva de compreensão.

Dos poemas de Nei Lopes, só posso falar implicativamente, isto é, colocando-me no processo e deixando entrever as impressões de certa realidade partilhada, ou melhor, de uma particular atmosfera emocional que circunscreve os seus textos.

Daí, uma imagem pessoal, guardada naquilo que a poetisa Emily Dickinson chamou de "o sagrado desvão da memória". Meados dos anos 1970, um quintal, a mãe, o irmão, parentes, amigos – uma tarde na casa da família de Nei em Irajá. Compositores desfilam os seus sambas, a cerveja ameniza (ou incrementa?) o calor. O que aí se torna visível é um *ethnos*, entendido como o particular laço coesivo daqueles que, sem deliberações conscientes, identificam-se com uma mesma origem, crenças e valores parecidos.

A imagem, por algum motivo, me revém agora em *À Mesa*: "Dois metros de comprimento/Por um metro de largura/Uns oitentinha de altura./Não é mesa: é um monumento/(...)/À cabeceira, a Energia/Que acendeu nossa alegria/E mantém a chama acesa,/Ergue um brinde ao nosso afeto/Vendo seus filhos e netos/De novo ao redor da Mesa". A *Poétnica* de Nei é a sua criatividade matizada por uma sensibilidade em que família e grupo étnico de algum modo se equivalem.

Na verdade, não é apenas a mesa. Tudo que se abre à celebração de uma memória perpassa desde as canções até os poemas de papel. Cantando, a poesia desfila e dança, como numa avenida; no papel, sem decibéis, ela revela o invisível de uma comunidade. Alguém diria que poeta é o cavalo dos deuses. É o cavalo do comum, digo agora.

Com ou sem som, as lembranças venerandas e o cotidiano trivial hibridizam-se por monumental Energia, que pode ser descrita como ancestralidade, mas também como uma forma de saudade, não nostálgica, mas existencialmente ativa. Por exemplo, o samba fortemente poético em que ele se dirige ao bairro: "Saudade/Veio à sombra da mangueira/Deitou na espreguiçadeira/E pegou no violão/(...)/É isso aí, ê Irajá/Meu samba é a única coisa que eu posso lhe dar..." Ou então, o 'soneto doador' que, mesmo pretextando uma individualização amorosa, tem tudo da tradicional doação comunitária: "Hoje eu venho doar a este Amor tudo aquilo que posso:/Minha carne, meus olhos, meus nervos, meu sangue, meus ossos..."

É que Nei configura-se em poesia e em vida como um aliciador de tradição. Mais de um exegeta da sabedoria ancestral já deixou bem claro que tradição não é algo forjado apenas pela história ou pela sociedade. Ela é também a resultante das contribuições pessoais que terminam entrando na história, porque seus autores puderam ou souberam driblar as barreiras dos esquemas de pensamento ou dos textos de dominação.

Para além do mero jogo de memória, aliciar a tradição, não o tradicionalismo congelado, equivale a fazer uma política que não se dá ao trabalho de declinar o próprio nome. Uma política em que ressoa a frase do abolicionista Joaquim Nabuco: "Os negros deram um povo ao Brasil". A tradição que aqui lastreia a voz pública do poeta é a memória ativa de um *outro padrão civilizatório*, não dominante, mas predominante nas formas de vida do povo nacional.

Esse outro padrão chegou aqui com a diáspora escrava.

À guisa de memória: do século XVI até o seguinte, foram principais em Salvador, então Capital do Brasil, os povos do grupo linguístico banto. Provinham majoritariamente da África subequatorial os ambundo e os bacongo, que predominaram na Bahia, enquanto que os ovimbundo tinham presença mais forte em São Paulo, Minas Gerais e Rio de Janeiro.

Mas a partir da segunda metade do século XVIII, quando o tráfico privilegiou a África superequatorial (Costa da Mina, baía do Benim e outros), predominaram entre a massa escrava os contingentes humanos originários das regiões hoje correspondentes a partes da Nigéria e Benim (ex-Daomé), por onde se estendiam 'nações' ou 'cidades-estado' conhecidas como Anagó, Oyó, Ijexá, Ketu, Ifé e outras.

Tudo isso constituía um complexo civilizatório, designado alternativamente pelos genéricos 'ioruba', 'nagô' ou ainda 'sudanês' – vale lembrar que a palavra Sudão vem do árabe *assuad*, que significa negro –, cujos reflexos culturais ficaram mais bem delineados na Bahia. No entanto, são indeléveis as marcas culturais deixadas pelos bantos em irmandades católicas, em religiões tradicionais sintetizadas nos candomblés angola e congo, em festas populares e no carnaval, assim como na difusão da capoeira e do samba.

Com Nei e seu empenho polimorfo, essas marcas tornam-se inequívocas e repercutem como as outras, tipo negro mancomunado no navio que cruzou o Atlântico, em canções e poemas. Algo assim: "Foi então que soprou/ Vento africano/E a musa veio/Em kamara laye/Num copo de pilão/Revelando ao poeta/O amor Cesário/De solares martinicas/E havanas velhas..."

Desafio mesmo é poetizar o *ethnos* afro com suas inflexões léxicas e suas sutis tonalidades afetivas. A isto sempre se mostraram muito afeitos os cubanos, e não apenas o magistral Guillén. Nei Lopes percorre esta trilha sem escorregos. Pelo visto, pela idade, já sabe "o sabor/do trigo/em meio ao joio".

MUNIZ SODRÉ

o malabarista das letras

A POESIA BRASILEIRA QUE ECLODIU a partir da década de 1950 teve muitos vieses e matizes, decorrentes da afirmação dos movimentos formalistas, tais como o Concretismo, a Instauração Práxis, o Poema Processo. No entanto, para além da hegemonia desses manifestos, uma outra ebulição poética ganhava forma, tendo como pano de fundo a questão étnica, inspirada, principalmente, em Lino Guedes e Solano Trindade.

A poesia de Nei Lopes pertence a essa genealogia. Sua rica trajetória como artista tem múltiplas variantes: vai do romancista ao poeta; do sambista ao dicionarista. Dele pode-se dizer: é uma ilha criativa cercada de arte por todos os lados. E, dentre tantas publicações de vários gêneros, agora nos apresenta sua *Poétnica*, que engloba uma produção de quatro décadas, em que seus versos desfilaram por variados temas e estilos, embora mantendo sempre o DNA do início, onde a condição de afrodescendente jamais foi ocultada.

A marca pessoal da poética de Nei Lopes é o resgate da origem e a afirmação deste traço no painel da cultura brasileira. Por essa causa sua voz tem gritado, insistentemente, estampando a ferida aberta de uma escravidão inconclusa:

"Topo na rua com direitos humanos.
Me estende a mão pedindo 'um qualquer'.
Não preciso dizer que é preto."

Contundentes e combativas, suas palavras esgarçam a fome de justiça de uma sociedade que finge não se ver. Mas, não o faz de modo agressivo ou panfletário, convoca a música para adoçar o verbo:

"Nossa tragédia,
Espetáculo
De séculos:
Na apanha do café,
Na puxada do xaréu,
No jogo mandingueiro,
No saber e na fé,
Feitos Folk,
Lord."

Há coisas e situações que só a voz poética consegue abordar, pela sua natureza investigativa do impronunciável, pela sua sirene de alarme da alma rasurada. Nei Lopes sabe disso e, embora domine outras formas para expressar o que vê e apreende da imensa vastidão do drama humano, é na poesia que ele encontra o veículo adequado para sangrar com as palavras. E, no fervilhar dessa inquietação libertadora, espalha seus tentáculos verbais em busca da terra-mãe, a África, de tal forma, que boa parte dos seus mais inspirados poemas versam sobre Angola – da tradição mítica à revolução recente.

"Angola
É uma gazela correndo no meu sangue
É uma fêmea de *Anopheles darlingi*
Me picando a alma
E inoculando o vírus de uma febre
Que me incendeia e faz
Tremer eternamente
Num delírio de paz e igualdade."

Ou ainda, de posse de sua verve de filólogo, quando enumera a influência das línguas angolanas no nosso falar:

"Ao longe, Angola
Alonga a olhar e o braço
A esta baía
De Cais e coisas ancestrais:
Bundas, cachimbos, diamba, carimbos,
Muambas, arengas, quitutes, mulambos..."

Vale ressaltar que, embora predomine o verso livre em toda a extensão da obra, é grande o domínio do poeta no verso medido, especialmente no soneto decassílabo, em que, aqui, destaco *O Ogro* ("Essa inquietude doida dos meus sonhos/que tem por leito o meu inconsciente") e *Kazukuta no Sambisanga* ("E Kazukuta veio a fim de briga/ De confusão como traduz seu nome"), dois exemplos da mais apurada técnica.

Eis uma voz de combate e afirmação dos valores de uma cultura que, de tão poderosa, influenciou pelo avesso – posto que jamais participou das decisões de Estado – o imaginário e os costumes da sociedade brasileira. Uma voz que busca erigir uma linhagem de referências brasileiras, e até mesmo estrangeiras, como as que são feitas aos poetas negros Langston Hughes, Aimé Césaire e Nicolás Guillén.

Isto é o que encontrará o leitor do Nei Lopes, poeta, nesta sua poesia reunida. E encontrará ainda mais: poemas de amor ("Eu amei esse amor como quem ama/Um ideal, um sonho, uma bandeira"), poemas da mística africana ("Yemanjá veio a mim líquida e certa"), poemas do cotidiano ("Hoje eu peguei no Sousa os sapatos gelo bordados"), que atestam a enorme versatilidade desse nobre malabarista das letras.

SALGADO MARANHÃO

batuques e repiques

elegüevara

Salve,
Abridor de caminhos
Conhecedor das encruzilhadas
Desta ilhada e reclusa
América Latina!
Eu te saúdo
E a todos os guerreiros
Que hoje te seguem
Pelas selvas do Orum.
Toma teu rum
Toma teu puro
Toma teu fogo
(cienfuegos)
Mostra-nos o fruto maduro
Abre-nos o jogo
Para sair deste logro.

Laroiê,
Che!

licença!

Licença, que eu vou cantar
Porque cantar é uma bênção
E quem se julga e se pensa
Capaz de o canto vibrar
Assim, sem pedir licença
Saiba que a voz é sentença
De prender ou libertar
E quando vai pelo ar
Pode trazer recompensa
Mas também pode atrasar.
Licença, que eu vou cantar
Porque cantar é uma bênção.

O canto na imensidão
É ação e movimento,
É força em deslocamento
Criação, reprodução.
É grão plantado no chão
Brotando como alimento,
É centelha no momento
Que se torna combustão.
Mensageiro, guardião
Senhor dos quatro elementos
Me dê seu consentimento
Pra eu cantar nesta função.

o melhor poema

Quando os Homens
Se derem as mãos e os sonhos
E nós já tivermos dado
De nós ao mundo novo
Um outro Homem e verdadeiro –
Fruto deste amor
Negro como a África de teus olhos –
Olharemos
Pelas frestas deste encanto
O que ficou para trás.
Que nossa música
Nosso mútuo enlevo ante o sorriso dos negrinhos
Nossa conjunta lágrima ante a fome dos negrinhos
Estarão em nós, em ti, em mim
Em nosso verdadeiro Homem.
Só que não haverá lágrimas nos olhos dos negrinhos
Pois que os Homens se terão dado as mãos.

Então,
Do alto deste Amor
Negro como a África de teus olhos,
Te direi
A ti para que os Homens ouçam –
E os Homens terão instalado
Amplificadores nos corações e estarão atentos –
O meu melhor poema:
Vê, Amada!
Sente como te amo
Daquele mesmo amor
Negro como a África de teus olhos.

E os Homens
Prorromperão em aplausos.
E brincarão de roda.

deuses que dançam

Nossos heróis jazem dormindo
Nas bibliotecas.
É preciso explodir o silêncio das bibliotecas.
Altissonantes batucadas
Tirem nossos heróis
Desse sono nefasto.
Afastem-se mesas e cadeiras
Desses cemitérios de livros
Para que virem terreiros
Onde nossos heróis
Exibam sua face afra.
Profanem-se os sacrários
Retumbem fichários
Semeiem-se colcheias
A mão cheia.

Nas seções de periódicos
Insiram-se quiálteras
Nas referências bibliográficas
Para que os heróis saltem álacres
E mostrem caras
Máscaras
Couros, carapinhas
Em sua integridade
Afra.
Nossos heróis são deuses que dançam
E cantam:

– Lundu, Nhonhô
Lundu, Nhanhã:

João Cândido
Escande, risca a areia
Da ponta da praia

Alheio
Às marés
Num lundu formoso
Miúdo, machucadinho
Libertos pés...

– Ai, cumba, cumba
Cumba, cumbanchero...

Macedo, Moncada,
Flor Crombet
Puros cubanos
Retumbam congas
Percutem clavas
Rumba brava!

– Dancê Vudú
Manjê, Luá...

Dessalines/Toussaint
U'a mão na garrucha
Outra na cabrocha
Um olho em Paris
L'ôtre no Haiti...
Arrocha!

– Let's dénss, Miss
Let's dénss, Massa...

Solo e subsolo
Segue na dança a
Locomotiva
Harriet Tubman
Maria fumaça
Sobe na raça

Escava o túnel
Onde
Louco motivo em
Nat Turner
Afia a serra.

Dança, solavanca
Segue na trilha
Prata-Canadá
Pacífico-Antilhas...
Freedom, Liberté, Libertad
Chatanuga, chu, chu
Chega.
Ainda que tardia!

Nossos heróis são deuses que dançam.

negros en el plata

Os negros vão para a guerra
Cantando, morenos
Dançando, meninos
Tocando seus tamboriles
Numa comparsa comportada.

Falucho já foi fuzilado
E seu gorro-navio vai singrando os mares.
Barcala já está devidamente
Desmoralizado
Roque Rivero não ensina mais piano
Apenas exerce
Seu compatível ofício de carroceiro.

Los morenos vão para a guerra
Subindo as lomas
Chafurdando no Chaco
Deixando pelo caminho
Milongas, candombes
Mucamos, quilombos
Caracuntangos
Sumindo
Sumin...
Sum...
S.

incursões sobre a pele

É preciso não carregar
a pele como um fardo.
[GUERREIRO RAMOS]

Eu, por mim, sinto a pele
Como um terno
Um hábito fraterno
Um costume propício,
E não um vício.

Eu, por mim, sinto a pele
Nem fardo nem farda
Apenas embalagem
Feita para viagem.

Sinto a pele
Como um fato
Da cor do Homem
Da História
Da Luta e da Vitória.

Mas um outro Brasil
O dos bancos e usinas,
Cujo avô partiu
Um dia lá do Porto
Para violar-lhe a avó
Na foz do Rio Volta,
Esse Brasil cafuzo
De mãe mameluca
Se mira na Lagoa da Tijuca
E vê a parda pele
Alva como açúcar.

falcões

(SOBRE UMA FALA DE JUREMA WERNECK)

Nossos filhos
Peles e olhos
Estupefatos
De sofrimento
E não espetáculo
São a cara da dor
Cuspida e escarrada.

Nossas mulheres
Olhos de lágrimas
E não de rímel
Ou luzes:
Perdida a luta
Contra o branco que a desfila
O falo que aniquila.

Nossa tragédia,
Espetáculo
De séculos:
Na apanha do café
Na puxada do xaréu
No jogo mandingueiro
No saber e na fé feitos folk,
Lord!

Entre tantos,
Nossos sábios
Nossos santos:
Invisíveis.
Nossa lutas
Disputas
Comezinhas:
Brigas de vizinhas.

Nossos demiurgos
Deuses telúricos:
Fetiches, ídolos
Lúdicos.

Quem desconhece
Essa dor tão antiga
Da luta
Até aqui perdida?

Quem ignora
Quem escreve
Esse roteiro trágico
E acende sobre nós
Spots de espetáculo?

Nossos falcões
Morrem como cães...

brechtiana

[PARA ABDIAS NASCIMENTO]

Primeiro,
Eles usurparam a matemática
A medicina, a arquitetura
A filosofia, a religiosidade, a arte
Dizendo tê-las criado
À sua imagem e semelhança.

Depois,
Eles separaram faraós e pirâmides
Do contexto africano –
Pois africanos não seriam capazes
De tanta inventiva e tanto avanço.

Não satisfeitos, disseram
Que nossos ancestrais tinham vindo de longe
De uma Ásia estranha
Para invadir a África
Desalojar os autóctones
Bosquímanos e hotentotes.
E escreveram a História ao seu modo.
Chamando nações de "tribos"
Reis de "régulos"
Línguas de "dialetos".

Aí,
Lançaram a culpa da escravidão
Na ambição das próprias vítimas
E debitaram o racismo
Na nossa pobre conta.

Então,
Reservaram para nós
Os lugares mais sórdidos
As ocupações mais degradantes
Os papéis mais sujos
E nos disseram:
– Riam! Dancem! Toquem!
Cantem! Corram! Joguem!

E nós rimos, dançamos, tocamos
Cantamos, corremos, jogamos.

Agora, chega!

ágrafo

[PARA REGINA]

Onde estão os poetas negros
Que não os ouço cantar nossa odisseia?
Estão dormindo no plano das ideias
Velados por poéticos segredos?
Onde andarão nossos poetas negros?

A poesia negra, hermanos,
Não explode a pólvora
Nem orienta a bússola
Ou diagrama o papel.

Ela desvenda o véu da vanguarda
Tira o chapéu
Pra velha guarda
Elimina o minimal
Pelo ancestral.

João Cândido fundeou seu sonho de igualdade
Nas costas da Guanabara em diplomáticas manobras
Branqueadas de cal na Ilha das Cobras
Seu leme depois feito um carrinho no mercado.

André Rebouças viu seu projeto pós-abolicionista
Afogar-se, em circunstâncias suspeitas, nas águas da
  Madeira
Mestre Pastinha, cego e indigente, não viu a capoeira
Na volta do mundo, virar desporto e lazer de americanos e
  turistas.

Mas a poesia negra, mes frères,
Acende incenso à afrodescendência
Recende à sua essência
Renuncia às trompas
De antropológicas fanfarras
Por sua farra própria.

A marinha mercante comprada por Marcus Garvey
Afundou antes de levantar ferros em direção à pan-africana
Miragem de uma época única livre e soberana
Mamando no úbere farto de sua própria Diáspora.

Porém
Acre e ágrafo,
O poema afro
Agrada-se em reagrupar negritudes
Agredir gramáticas greco-latinas.

Jack Johnson nocauteou a supremacia branca
E recebeu na alma todos os jabs e upercuts do racismo
Que lhe soou o gongo e lhe quebrou a banca
Num prosaico acidente automobilístico.

But,
A poesia negra, brothers,
Não cisma
[Presa]
Num castelo de marfim.
Ela se afirma
Elegante
E é um marfim em si mesma.

obras

Há os que fumam
Os que cheiram, cafungam...
Manuel Bandeira tomava alegria:
Eu faço obras.

Uma parede aqui, embora de sopapo
Para conter a enxurrada
De versos que teimam em me escorrer
Aos borbotões pelos olhos.
Um telhado ali, mesmo que de sapê
Para me proteger
De oju-burucu, afitibu, araiê
Indaca de afofô
Línguas de fogo,
Descendo de cúmulos-nimbos aziagos.

Um cômodo a mais para caber mais um sonho
Esse que você traz em pleno outono –
Para reformar ou demolir meu sono?

trecheiro

[EM MEMÓRIA DE LENA FRIAS,
QUE REPORTOU A SAGA
DOS "TRECHEIROS", POBRES
ANDARILHOS DAS ESTRADAS]

Andar por lugares onde apenas
Se teria vagado em sonhos
Ou em meras folhas de papel
Remotos sonetos, cansadas canções.
Perpassar rios onde outrora
Fluíram águas menos turvas
Refazer curvas traçadas antes
Por outros anônimos indigentes
Vagabundos vadios viandantes
Mochila, pão e odre às costas.
Corcovear no colo de montanhas
Não apenas alongando os olhos
Ao horizonte
Ou em écrans tecnicoloridos.
Vê-las ali de fronte
Arrostá-las como se fossem
Um prato de comida
Voraz, deflorá-las
E descendo a outra encosta
Saborear o salobro desse lago
Espraiado à sombra da cadeia
De montanhas rompida
Desvirginada na escalada.
Deitar, dormir para acordar
E então andar por lugares
Desfiladeiros.

adivinha

Todo rio vai e volta
Pra desembocar no mar.
A voz somente se solta
Se a alma se libertar.
Quem vê navio na costa
É bom o ouvido apurar.
O que se sabe a resposta
Não precisa perguntar.

Dois gostos na mesma cuia
Confundem o paladar.
Não se compara a embuia
Com a cor do jacarandá.
Quem faz aquilo que gosta
Não cansa de mourejar
O que se sabe a resposta
Não precisa perguntar.

cubo de ferro

Em verdade, somos
Objeto paisagem acessório
À engrenagem
Que nos mói a alma
E a molda
À sua imagem e semelhança.

Estamos presos!
Nossas bocas cobertas
Por gigantesca placa
De rotina.
Nossos olhos
Proibidos
De ver além do óbvio.

Nossos corpos presos num cubo de ferro
Nossa alma dando murro nas paredes.

Um feto de revolta
Nos incita ao grito.
Mas não gritamos.

Em verdade, somos
Objeto paisagem acessório,
Por ora.

primeiro poema do negrinho

Sem sapatos, o negrinho
Pisa na terra batida
Com a velha força da infância
E a terra se abre à volta.

Sem palavras, o negrinho
Grita seu grito negrinho
E o eco responde: – Espera!

O negrinho adormece...

Adormecido, o negrinho
Sonha uma roda tamanha,
De negrinhos iguaizinhos,
Num trocar de mãos e olhos
E risos. Tantos negrinhos
Quantos peixes pelo mar,
Tantos risos quanto estrelas,
Em noite de lua cheia.

Logo desperta o negrinho
E vê, ao redor, um mundo
Sem sorriso e sem negrinhos
Sem palavras, sem sapatos
Sem carne, nem mesmo homens.

E desespera o negrinho
E grita de novo o grito
Que o infinito segura
E retribui feito um eco:
– Espera!

direitos humanos

Topo na rua com Direitos Humanos.
Descalço, roupa encardida
Me estende a mão, pedindo "um qualquer".

Não preciso dizer que é preto.
Mesmo não sendo reconhecível sua origem étnica.
Tem a cor preta da fome, da miséria,
Do analfabetismo, da doença,
Da carência.

Cor preta
Pintada pelos alegres anúncios coloridos da TV.
Pelos domingões faustosos.
Pelo ilariê hipócrita e safado,
Que sexualiza nossas meninas aos 10 anos de idade.

Direitos Humanos, agora (fe)minina
Vem cheirada de cola.
Pois inda não é crack. Mas promete.

E aí,
Enquanto na padaria
Comem-se brioches,
Direitos Humanos
Me oferece o corpo:

– Dois real, Tio! É só dois real!
Tá em promoção!

o avião e suas pessoas

O avião
Leva pessoas perfumadas
Que mascam chicletes
E falam em telefones celulares.

As pessoas do avião
Disfarçam o medo
Narizes empinados
Como os de um monomotor
Olhando com seu olhar de ave
O mundo cá embaixo.

Pelo saguão do aeroporto
As pessoas do avião deslizam
Como se bailassem
Aladas
Em seus próprios salões.

E o avião –
Esse, sim, realmente superior
Das turbinas à nacele
Escarnece-lhes
A conturbada arrogância.

a aparição do fato

Na esquina do ato, o fato,
travestido de direito,
apareceu-nos, montado
no cavalo do Estado.
E o fato alado vinha
do alto do próprio espanto
envolto em nuvens de pranto
como prenúncio de aragem.

Numa reverência ao fato
saído do sono, o sino,
por sinal, já ressoara.

Era finalmente o fato
há tanto tempo esperado.
Os homens abriam alas
retomando posições
para saudar o carro alado.
Profecias já cumpridas,
ex-votos, perorações,
desciam de excelsitudes
para ver na esquina o fato
chegado após tanta espera.

E ali na via pública
inoculou-se em nós
por via ótica
aquela chama
aquela lágrima
aquele não objeto
perfeitamente identificado.

eu, o sujeito do discurso

Vossa Excelência é o presidente desta casa.
Que tem quatro quartos, um cesto, dois terços
E um quinto dos infernos.
Esta casa é casa de marimbondo, casa da Mãe Joana,
Casa do caralho.
E o presidente preza os dentes
Com que morde e assopra.

Só pra gente entender como é esta casa,
Nela a privada é um ministério público
Que tem um pé na cozinha
Elevador de serviço para ladrões de classe média
E uma rocinha nos fundos.
Esses fundos são de uma pensão
Onde Vossa Excelência come de colher
E mama nas tetas do Erário
Eleitoral e gratuito.
E nesta casa o honorário
Passa na televisão
Aberta, escancarada, arreganhada,
Novelesca
E com um fausto fantástico.

Vossa Excelência é o presidente de desonra
Deste grêmio recreativo e escola de colas,
Cábulas, gazetas, trotes e diplomas falsos.
E esta casa já é da segunda época
Pois a primeira acabou
Naquela manhã de 24 de agosto
De um tempo que se amarrava político com linguiça,
Em que as caravanas ladravam
E os cães passavam cantando
Primeira, segunda, terceira voz
No coro parlamentar.

Data venia, esta é a casa
Em que vossa indecência
Casa com a presidência.

sermão profético

Das pedras deste templo,
Sobre o musgo,
Edificaremos a cidadela...
Ilimitada ao sul ao norte
Ao leste ao poente,
Rosas e pombas,
Onipresente.

Túmulo,
De que servem os mármores atuais
Se nos desvãos a hera já se alastra
E não há de restar pedra sobre pedra!?

parábola

Importante é saber que a flor e o fruto
Não surgem da semente de repente.
Convém sempre esperar: Cada minuto
Seja a preparação para a vindima!

Que a irrigação da terra seja lenta
E intermitente, e cada grão lançado
Seja posto na terra com cuidado
Para que a messe venha ao natural.

Importante é saber que a terra é boa
Mas depende de onde e como e quando
A inseminação deve ser feita.

Nada de adubos vãos nem de alquimias,
Que a flor e o fruto têm seu tempo e dia
Para se acharem prontos à colheita.

toque

Antes de tudo é preciso
Que não me vejas apenas
Na moldura feérica dos *music halls*
E das tardes desportivas.
Minha alma aqui está,
Na ponta dos meus dedos.
Vamos! Toque aqui!

Minha alma oceano
É tão igual à tua
Quanto meus olhos negros
São iguais aos teus olhos.
Meus músculos maiúsculos
Têm a mesma carnadura
Das tuas carnes rijas.
E nossos sangues
A mesma cor de sol nas alvoradas.

Antes de tudo é preciso
Que assestes teu sorriso
Em minha direção
E me apertes a mão
Ei! Vamos! Toque aqui!

Minha palma, igual, vai batucar na tua
O samba de mudar
O samba de mudar
O samba de mudar.

a linguagem dos muros

Fora! Abaixo!

Os muros
Correm para trás.
Mas as palavras,
As negras inscrições
Como as do templo
(Mane-Tecel-Fares)
São as de um tempo futuro
– tempo sem muros!

Não em vãs palavras
Desordenadas
Mas as palavras
De ordem
Pesadas – um fardo
Precisas – um dardo.

Correm céleres os muros.
Mas enquanto a mente
Vai registrando
As inscrições,
A gente passa alheia
Ou com outras visões:

" – Feia a inscrição no muro,
Coisa antiestética
Pouco poética
Iconoclasta
De certa casta
Predatória!"

Mas o muro fica
Enquanto edifica
A História.

trecho

A – Hoje?
B – Não,
que a sazão
não é propícia
à plantação.

. . . .

A – É hora?
B – Não,
que os meus braços
são laços
e a empreitada
requer
a consciência repousada!

. . . .

A – Agora?
B – Ora,
Os frutos
ainda são diminutos!

. . . .

B – Hoje sim!
A – Nunca mais!
Já a semente é morta
e a árvore
corta
os grandes galhos
secos em um mar de
desespero e palavras:
É tarde!

pernada

Plantar.
Se cair,
Sacudir,
Levantar

(Na mata
ninguém vê
pau rolar).

Plantar de novo.

a multiplicação dos cantos

De um só poema, fiz uma dezena
E – água nos pés – cantei todos os dez.

Os homens do cais pediram mais.
Peguei uma palavra
Que um deles jogara na espuma
Fiz cem cantares
E fui aos teares.

Lá, os tecelões gostaram demais
E pediram bis. Dado um fio
De matéria têxtil, fiz mais de mil.

Dos velhos teares, voltei para o cais.
De um barco chegado, chamei o mestre arrais
E fiz um bilhão
O mestre me disse, voltando com o barco
Rumo do oceano: – Vambora, meu mano,
Cantar noutros cantos!

Aí, peguei meus versos
Fiz um colar de espuma e poemas
Um espelho de sons, um pente de rimas
E me fiz ao mar, pra ofertar a Iemanjá.

Iemanjá, que é a mãe dos peixes,
Ouvindo-me os versos, disse: – Filho,
Volta pros teares a cantar teus cantares,
Volta pro cais, eles querem mais,
Aqui não preciso dos cantos que cantas
Porque nos meus olhos já mora a esperança
Enquanto que os olhos dos homens são tão nevoentos...!

Então, eu voltei...

episódio onde fala o santo rio

E tu desces, ó Nilo brasileiro
As largas ipoeiras alagando.
[CASTRO ALVES]

Evém São Francisco
Não sei se de Paula,
De Assis ou o quê.
Só sei que vai indo,
Sulcando a Bahia,
Sergipe, Alagoas,
Molhando o Nordeste
De parcos recursos.
    Por graça hidrelétrica
    Faz água energia
    E acende a Bahia
    Sergipe, Alagoas
    Ceará, Pernambuco.

Evém São Francisco,
Humilde, pregando
Sermões aos gaiolas,
Às barcas, barcaças,
Aos peixes, às caraças,
À gente da beira.
    Lá vai São Francisco
    Levando a palavra
    De água e energia
    – sermões de mil volts.

Vote! São Francisco
Elétrico e arisco
Correndo nas pedras
Pergunto – não paras?

Só paro – responde –
Quando houver torrentes
De água e correntes
De luz e energia
Na alma do homem
De toda a Bahia,
Ceará, Pernambuco,
Paraíba, Alagoas,
Sergipe e Piauí.
    No dia em que o homem,
    O peito irrigado,
    Não for mais escravo
    Da terra e do homem,
    Aí, sim, eu paro!

Dito isto, descalço,
Elétrico e arisco,
Lá foi São Francisco
Chispando voltagens,
De novo a correr...

caixa de ferramentas

E eu não sabia
Que a régua de nível
Com aquela bolha incrível
O fio de prumo
O peso de chumbo
A colher de pedreiro
(Suja o tempo inteiro)
E a desempenadeira,
Bem mais que proibidas brincadeiras
Com suas sugestões de geometrias
E físicas irreais,
Eram ícones, totens, emblemas
E muito mais,
Meu pai:
Eram o pão nosso de cada dia...

à mesa

Dois metros de comprimento
Por um metro de largura
Uns oitentinha de altura.
Não é mesa: é um monumento.

No seu tampo, o alimento
Cozido, assado, em fritura;
E em torno, muita fartura
De bom humor e talento.

À cabeceira, a Energia
Que acendeu nossa alegria
E mantém a chama acesa,
Ergue um brinde ao nosso afeto
Vendo seus filhos e netos
De novo ao redor da Mesa.

a esfinge ancestral

Quem sois vossas mercês
Venerandos avós
De nomes tão sonoros
Que agora vindes povoar meu sono
Depois de tantas noites de silêncio?

Luiz Cândido Narciso Lopes
Branca Aída da Costa Lopes
Feliciano Bernardo de Mendonça
Ernestina Alves de Mendonça!

Quem sois
Cândidos narcisos, brancas aídas
Me adoçando alvas espanhas insuspeitas
E mascarando esta minha áfrica óbvia?

Dizei
Aves de nomes tão canoros!
Respondei-me
Ou vos deploro.

biografias

Ah, esses barões ilustres
E suas biografias!

"Nasceu no engenho Fulano
 no recôncavo Beltrano
 em berço de fidalguia..."

Mas a avó pela linha
Materna se denuncia
Supra-homem:
É só Maria
Sem sobrenome
Ou da Cruz, das Dores, da Guia
Etc.

E a fina litografia
Ilustrando a trajetória
Retocada a bem da História
Recria a fisionomia
Maquila a fenotipia.

Quantos mistérios se aninham
Dentro das biografias!

manual de barro

1. Poesia serve
   só pra gente
   moldar palavras
   como moldávia
   módena, módulo
   e colocá-las
   na língua
   dissolvendo no exílio
   do léxico.

2. Poesia
   é roupa
   que a fala
   investe
   de banho tomado
   pra passear
   de mãos dadas
   no parque
   das palavras parábolas
   domingozinho.

campo semântico

[PARA FERNANDO]

Semeio nos campos
Nestas verdes campinas
Granadas lexicais,
Como se fossem minas
Contra a hegemonia
E a lusitania
Dos barões gerais...

Y sigo mi rumbo
Armado até os dentes,
Tocando meu bumbo
Batendo de frente
Empinando o barco:

Portugal no corpus,
Africanamente...

musas

As primevas
Eram redondilhas
Alexandrinas.
E o poetinha
Em vez de amar como devia
As escandia.

Depois,
Vieram as passionárias
Envoltas em versos brancos
De grife:
Brechts, maiakovskys
E o poeta as comia
Mastigando as consoantes.

Só que com o tempo
Foram ficando lorcas
Nerudas, evtuchenkas
E o vate,
Cassiano, coitado,
Buscava outras práxis.

Foi então que soprou
Vento africano.
E a musa veio
Em kamara laye
Num copo de pilão
Revelando ao poeta
O amor cesário
De solares martinicas
E havanas velhas:

Qué pasa? Como anda?
Vá bien? O vá guillén?
Blén, blén
Jesú María

Ave poesia
puríssima
Menos forma, mais massa
Menos passa, mais uvas
Menos luvas, mãos livres
Bateaux ivres
No mar das peles dos tambores.

As redondilhas queriam
Carpinejar, ferreiragular
Raduanassar, carlosnejar
Esses versos poetas.

Mas os amores
Aí
Já eram brutos
Feriam estatutos

E a poesia
Jazia no fosso
Do sono. Ocorria
No oco
Na liturgia
Da rede após o almoço
E os humores suavam velhos
Com o bolor de evangelhos.

ponto 29

Desadolescendo,
eis-me maturado,
quase enregelado,
posto dentro do
refrigerador.

Pena! Que voaram
certas atitudes
certos desassombros
certas mãos nos ombros.

Novas cartas dadas,
novos dados
a serem computados,
os reis do baralho
programaram meu
desadolescimento.

Uma pá de cal
nas probabilidades
A temperatura
ambiente
desce
gra
da
ti
va
men
te.

cabelos, bantos

Dizem os povos Bantos
Ancestrais da África
Que os cabelos brancos
São apenas pátina
Fino acabamento
De uma bela estátua
O homem em forma e essência
De obra de arte.

fala de oxalufã

Velho é quando
A tevê
É só uma imagem parada
Difusa, sem cor.

O rádio é mudo
Dislálico
Ou só vocifera,
Impreca.

O jornal é ágrafo
Iletrado
Falto de ilustração:
Só anúncios
Desclassificados.

O teatro
É a imagem
Da tevê
Difusa, parada, sem cor
Em carne-osso.

Velho é quando
A arte
É uma prateleira de mercado

O cinema é outro departamento
Do shopping
Onde a alimentação
É apenas uma praça.

Velho é saber
O sabor
Do trigo
Em meio ao joio.

comer com a mão

Comer com a mão
É estabelecer a relação
Gosto-tato.
Gozar
O axé do alimento
Ainda no prato
Antes de entronizá-lo
No céu do palato.

Amassar, amolgar
Molemente
O arroz, o feijão
Moldando o capitão
Gesto ritual primal
De afeição.

A boca vai ficando cheia d água
Gruta orvalhada
À espera da consumação
Do ato.

Ao contrário do Homem
Bípede bobão
Que se lambuza na babugem
Da sua pretensão,
Os Deuses
Sacralizam o que comem
E exorcizam a fome
Com a mão.

Sem intermediação.

plantas

Plantas nascem porque nascem
Se o solo é propício.
Adornar
Curar, exorcizar
Temperar, matar
É seu princípio.

Se ninguém lhes desperta a serventia
Nem fomenta seu viço
Fenecem de fome
Sem ofício
Ou benefício.

dona

Mulher negra
Mãe de todos
Histórias, cantigas, acalantos, danças
Laço único ligando a descendência
À identidade perdida.

Mulher preta, marrom, café com leite.
Mãe e tia de todo mundo
Benzendo, rezando, remediando
Conselho, amizade e carinho
A quem batesse em sua porta.

Grande mulher
Maiúscula artista
Essa agora Dona
Da voz lustrosa
Do cavaco caleidoscópico

Nela
Notas e acordes vêm rolando
Lá de cima
Da Serrinha da alma
Como o canto de todos os anjos.

Legatária dos anjos!

Assim há de ser a música do Céu.
E Deus deve ser uma mulher assim
Negona, bonitona, grandona
Dona e...
Deus.
Dona de alma clara.
Dona Ivone Lara.

epitáfio para tia zica

Dentro de mim jaz Tia Zica
Esta crioula enorme
Escolada na pernada,
Em porrada e batucada,
Zica de muitos Zés
Zica de nenhum Zé.

Tia Zica Brasil,
Panteon de glórias
Epopeia triunfal
Avenida engalanada,
Sem klu-klux-klan
Sem apartheid
Sem napalm
Sem Namíbia,
Tia Zica jaz, *blue*,
Dentro de mim.

Tão piquititinha agora, Tia Zica?
Foi samba, meu sobrinho!

joana/joão

Joana mais doce que laranja lima
João mais azedo que muito limão
Joana candura de um ramo de avenca
João erva braba rasteira no chão
Joana frescura de brisa na aurora
João pé de vento, tornado, tufão
Joana serena peixinho de aquário
João traiçoeiro como um tubarão
Joana segura na mão da certeza
João valentia de faca na mão.

Ê Joana
A vida é tirana
E não tem solução.

Joana e outra parte da laranja lima
João muita esquina, cachaça e limão
Joana nos braços da brisa da aurora
João vem de fora como um furacão
Joana peixinho tirado do aquário
João sanguinário como um tubarão
Joana lutando por uma certeza
João na surpresa, com a faca na mão
Joana esquecida a candura de avenca
João que despenca de bruços no chão.

Ê Joana
A vida é tirana
E não tem solução.

andanças do flautista alberto de mendonça pelo arrabalde de dona clara e adjacências

Naquele tempo,
Sob as ondas
Difusoras, educadoras
Do Brasil novo,
A maxambomba ia à Sapopemba
Como uma tuba tocando um maxixe...

E o flautista Alberto de Mendonça
Ia com seus sapatos carrapeta
Esmagando rosas pelo chão.

Das janelas abriam-se convites
Para um choro a mais no fim do dia
Para um seio à mão no fim da noite
Para uma cerveja Cascatinha
Para um batizado no domingo.

O flautista Alberto de Mendonça
Ia andando em compasso de valsa
Quando, então, saía dentre a noite
Inimaginável lobisomem
Aliás comum em Dona Clara.
O flautista Alberto armava a flauta
Executava dois ou três compassos
E era o bastante para domar o monstro.

Toda a noite livre à sua frente,
Ia andando Alberto de Mendonça
Com seu passo leve de quem dança.
Borboletas pretas veludosas
Num cortejo, abriam o seu caminho
E um perfume oriental, discreto,
Ia ficando em toda Dona Clara
Magno, Turiaçu e adjacências.

Naquele tempo,
Sob as ondas
Difusoras, educadoras
Do Brasil novo,
A maxambomba ia à Sapopemba
Como uma tuba tocando um maxixe...

o cão à caça

Eu sabia, então, que se conquistasse
o Ogro e rompesse seu encanto sobre
mim, ficaria livre. Mas eu sabia
também se não vencesse, seria
certamente quebrado e destruído.
Eu, um negro, defrontava o Ogro –
a mulher branca.
[ELDRIDGE CLEAVER]

Um cão à caça: um pedaço
De carne excitando o olfato
Para, ao final, ledo engodo,
O repasto ser diverso.

O caçador – os *mass media* –
Com a corte de redatores,
Contatos, mídias, *layoutmen*,
Finalistas etc.,
Negociam/negaceiam
Com o corpo da mulher branca.

E a mulher branca me foge
Com chalaças, com negaças
Após prometer no aceno
Do riso um tanto obsceno
Certo deleite aos sentidos.

Um cão à caça, eu te quero,
Negra alheia aos *mass media*.

Mas o corpo da mulher branca
Com sua pele de símbolos
É um câncer no meu cérebro.

lira MCMLXX

Minha namorada
Deve estar em Malmö
Fruta madurando
Para eu poder comer.

Deve estar em Oslo
Minha companheira
Preparando a cama
Para dormir comigo.

Deve estar na Lua
Minha imponderável
Escolhendo estrelas
Para agradar meus olhos.

Deve estar no fundo
Do Oceano Ártico
Articulando um golpe
Para depor Netuno e
Me entregar as chaves
Do Reino do Mar

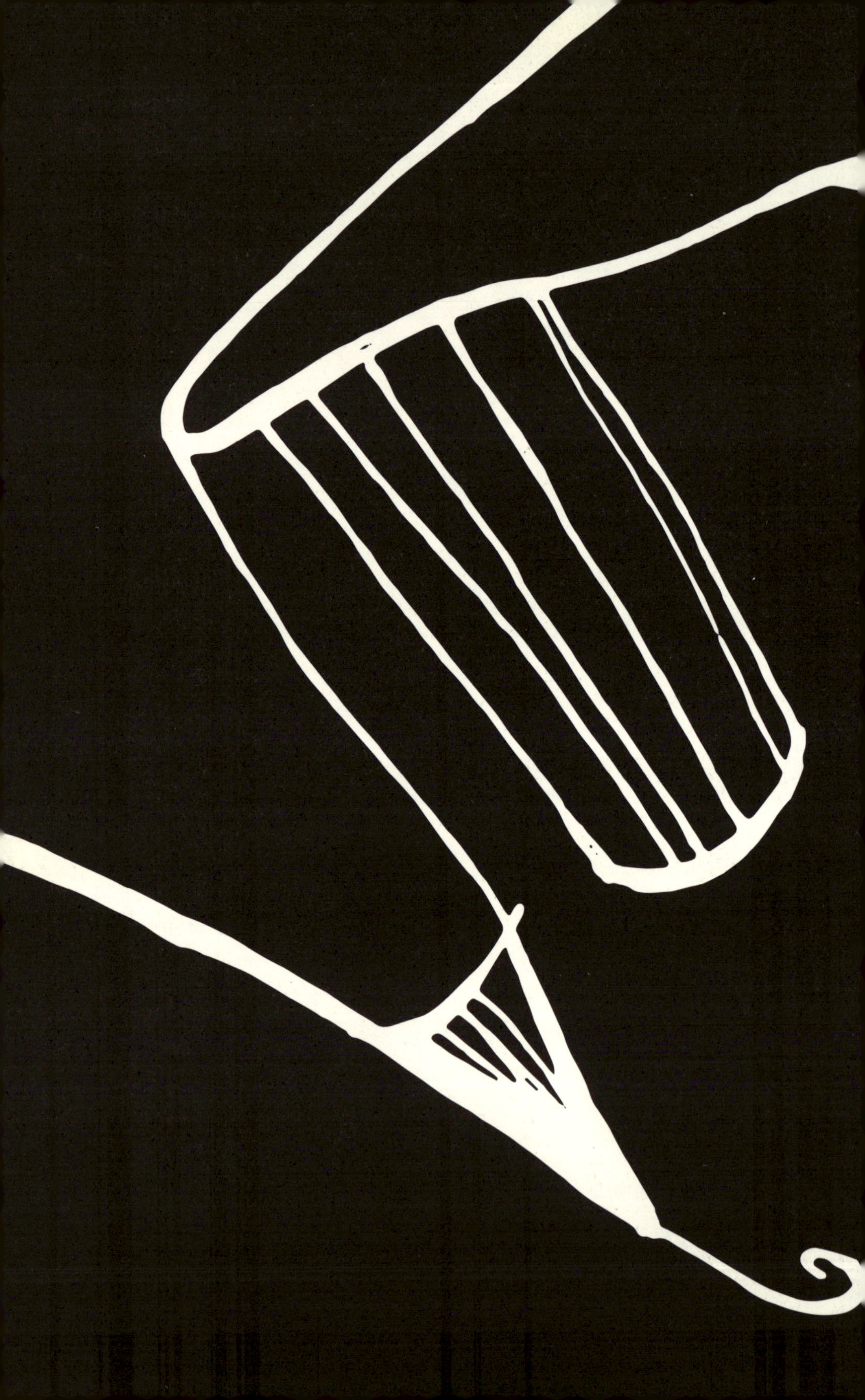

danças e folganças

paisagem a bordo da apolo 8

Nua
A lua,
Inóspita como um hospital,
Tal qual uma praia
Suja.
Mas a Terra
Por seu turno
É de um azul
Especial.

Um cândido canto
Incandescente
Sobe o oriente.
Uma corrente
De alegre vento quente
De napalm
Rói
A carne de Hanói.
Uma estrela
Brilha por cima
De Hiroxima e de Dachau.
Douram as costas dos escravos
No golfo de Benin.

Natal
No mundo ocidental.

Milésimo!
Nongentésimo!
Sexagésimo!
Oitavo!
Natal.

o samba ubíquo

Sucede que eu estava em Londres
Com os bolsos cheios de amor
E saía-me dentre os dedos
Vaga música indiana.

Mas as pernas insistiam
Em dançar coisas mais sólidas
Como, por exemplo, rumbas,
Sambas, mambos e guarachas.
E Londres era Vaz Lobo,
Barra Funda, Bronx, Bahia,
Ibadan, Harlem, Bangu...

E o que havia em meio a isto
De dançar coisas mais práticas
E ver Londres diluir seu
Tom cinzento em negros ares
Nada mais era que o impulso,
Reprimido, (re)velado
De beijar teu sexo, África.

eu também soul, américa!

I, too, sing America.
[LANGSTON HUGHES]

Peço licença pra dizer
Que eu também soul, América!

Não no sentido sambolista
Dos rubros e trêfegos pés
Natalinos, manecos, dimas,
Riscando no gramado o tico-tico no fubá.

Eu também sou América
No sentido langstonhughiano
Do faminto que vê e cheira
A lauta mesa
Lambendo os beiços apenas.
Do sedento impotente
Ante as violentas águas da catarata.

A Klan não pendurou meus avós
Em nenhum galho.
Meus pais
Nunca foram expressamente proibidos
De entrar aqui ou ali.
Mas também
Nem passaram na porta
Por conhecerem seu lugar
Não o da porta.

Menino,
Me apontaram o caminho
Do torno, da forja, dos motores
(Alta combustão!).
Pois o das leis, das finanças,
Dos cálculos superiores,
Das belas artes e letras,
Das ciências físicas e naturais,
Já estava reservado para outros meninos.

Mas me disseram, América,
Que o emaranhado da minha carapinha
Era apenas um acidente de percurso
E que raça era só
Uma metáfora bíblica.

Mas cortei caminho, América.
Tomei um atalho.
E agora eis-me aqui
Confortavelmente sentado
Ante a tela jubiluminosa
Mas com um incômodo
Nos olhos e na alma
Diante de teu justificado orgulho.

Mas... como, América?
Quando? Por quê?

Se eu também soul, América,
Também quero limusine, batedores,
Honras militares...

Hey, men! Hey, brothers!
Chega de tico-tico no fubá,
Baby!

st. louis blues

Luís Braço Forte
Nos braços da morte.

O sopro de vida
Guardado na boca
Do velho trompete,
Na boca da morte
A chama acabou.

São Luís do Braço Forte,
Remando rumo do norte
Num mar espiritual,
Foi dar às costas do Céu.
Trompetes de Jericó,
Trombeteando à chegada
Do negro Luís surpreso,
Livre, nos braços da morte.

Gordo e negro,
A gargalhada sonora,
Sorvendo um gole de uísque
Pelo gargalo,
Deus canta:
    – Negro Luís Braço Forte,
    A morte é um mero acidente
    Musical, como uma pausa.
    Mas a canção continua.

E com seus ternos de fusas
Semifusas e colcheias,
As mãos cheias de bemóis,
Os santos vão caminhando...

as paixões tormentosas

West Indies! Nueces de coco,
tabaco y aguardiente.
[NICOLÁS GUILLÉN]

Vocação de marinheiro
Embarcado num navio
Desses lóides brasileiros
Fazendo a linha de Antilhas.

Não só o rum, mas o som
De calipso das águas,
Malemoleando, às voltas
Com a negritude das pedras.
Pervagar por essas ilhas
Com certas oxuns cubanas,
Vadiar por certas camas
Que, à falta de passaporte,
Me impeço de frequentar.
O suor correndo em bagas,
Por bagagem, tumbadoras,
Cencerros, guiros, timbales
E um pandeiro em cada mão.
Ay! Que ser mulato e atento
Às tentações dos sentidos
É estar comprometido
Com rituais secretíssimos.

West Indies! West Indies!
Saudades do que não vi.
Do que apenas conheci
Num velho *son* de Guillén.

cuba em mi tres

Tres: Guitarra cubana,
de tres pares de cuerdas.
[NICOLÁS GUILLÉN]

A primeira vez em que toquei Cuba
Ela me veio a mim numa guaracha.

Eu já meio borracho
Ia em zigue-zague
Pela vereda tropical da mente
Quando Beny Moré
Quando Bobby Capó
Quando Dámaso Pérez Prado
Me abordaram na rua,
Bordando no compasso:
– *Qué pasa, sócio?*

Aí, loucas paixões tempestuosas,
Tormentosas,
Me atiraram nos braços,
Coxas, pés, bocas
E quadris
De Eva Garza
Lupita Cabrera
Celia Cruz
Maria Antonieta Pons
Ninón Sevilla,
E nem sei se cubanas todas eram,
Pois o que eu sei
É que dancei,
Como um louco tornado,
Essa senhora tentação.

A segunda vez que toquei Cuba
Ela me veio a mim num grande espelho,
Onde eu me via
E via meus irmãos e meus parentes
Meus orixás, tambores e ancestrais
Meus companheiros, *cimarrons* e índios
E meus patrões, delatores e opressores.

Vi casacos de peles, roletas
Senadores e vedetes
Jouxjoux e balagandans
Numa rumba escandalosa.
E ali ao lado uma hiena enlouquecida,
Morta de fome e ávida de vida,
Comia uma criança num monturo
Em plena calle – Malecón
(Ou Praça Floriano, Rio, Cinelândia?).

A terceira
E definitiva vez que tomei Cuba
Foi por Sierra Maestra. E na descida,
Cuba me veio a mim
Pelas mãos de três magos,
Três irmãos mais velhos:

Guillén, *el viejo* Nicolás, me trouxe
O som inteiro de sua guitarra
Feita de rum e açúcar mascavo.

Arozarena, o mano Marcelino,
Me trouxe o bongô
De sua canção negra sem cor
E só de estrelas.

E Regino Pedroso trouxe o coro
Dos sanguíneos tambores lucumis
E gongos chineses
De seus ilustres avós.

Desde essa vez
(Canta mi tres!)
Cuba me acendeu no fim do túnel
Allá lejos/lá longe
Uma luz verde
E amarela.

dacar, novembro, 72

A Ilha de Goreé vai submergindo
Mas o som ampliado dos tantans
Ainda batendo à mente.

Tantans no ouvido:
Soumbédioune, Ngor, Marché Tilène.

Tantas nos olhos:
O colorido doido
Flores e tecidos
Desafiando o olvido,
Brancos bubus
Alva leveza ao vento,
Um monumento ao movimento.

O cheiro dos tantans no fumo acre
Percorre-me a avenida das narinas:
Cheiro de chão seco
Odor de dor antiga
Uma cantiga ao longe
O balafon, o livro
O livre som do corá.

No ronco das turbinas do tumbeiro
Um voo-volta-à-casa.
Casa? Exílio?

A Ilha de Goreé submergindo
Num rio outubro de 73.

angola arde

Angola
É uma leoa que se nutre
Há cinco séculos
Da energia vital dos seus sekulos
Muadiakimes, mais velhos, ancestrais:
De Ngola Kiluanji Inene
A Agostinho Neto!

Angola
É uma loba amamentando
Com o sangue jovem dos ancestrais
Seus meninos-guerreiros de olhos tristes
Pernas amputadas
Peitos inflados de orgulho
Em suas fardas camufladas.

Angola
É uma palanca
Grave e negra
Como as viúvas da Ilha de Luanda
Batucando nos baldes contra o peito
A semba mais sentida
Que meus ouvidos já ouviram.

Angola
É uma gazela correndo no meu sangue
É uma fêmea de *Anopheles darlingi*
Me picando a alma
E inoculando o vírus de uma febre
Que me incendeia e faz
Tremer eternamente
Num delírio de paz e igualdade.

balada do soldado

Um homem não pode passar doze anos na guerra
A guerra transforma esse homem num bloco de pedra
E afia nos cantos da alma suas garras de fera.

Mas um homem precisa adubar com sangue sua terra
E matar toda erva daninha que ao acaso ali medra
Para que nela floresça um pomar, quando da primavera.

Mas um homem não pode passar doze anos na guerra
Porque a guerra corrompe, desmancha, corrói, desintegra
Separa, desfaz, atomiza, corta, dilacera.

Mas um homem precisa de límpida atmosfera
Sobre tudo o que a morte abomina e que a vida celebra
Para isto é preciso minar cada palmo de terra.

Mas um homem não pode passar doze anos na guerra...

luanderful

Eu vi um peixe pular
Na Baía de Luanda.
Era noite de luar
E eu cantava prá Quianda.

Brincabrincava no ar
Uma brisa breve, branda
Como um coral a cantar
Numa roda de ciranda.

Eu vi um peixe voar
Ave azul no ar da Ilha
Luandamar
Luanderful
Maravilha.

flor de benguela

Penetra surdamente no reino
das palavras.
Lá estão poemas que esperam
ser escritos (...)
Ei-los sós e mudos, em estado
de dicionário.
[CARLOS DRUMMOND DE ANDRADE]

Procuro Benguela
Com sua pracinha interiorana
O ar parado de retrato empoeirado na parede
As baterias antiaéreas alertas no aeroporto
As montanhas se olhando
No espelho turquesa da Baía Azul
Suas mimosas acácias que eu não pude ver
Suas bitacaias
Seus chocalhos nos tornozelos.

Procuro Benguela no meu cesto de lembranças
Sem saber que ela
Está à minha espera
Nas páginas do Dicionário Português-Umbundu
De Guennec & Valente:

Osande – num mar de rosas
Enjenga – mulher formosa
Oneleho – flor da roseira
Mutangele – de Benguela
Rosa.

cinema colonial

Como sucede – dizem – aos moribundos,
Na tela de minh'alma passa um filme,
Imenso filme em *loop*
De infinita metragem,
Em cópia nova e nítida
Sobre essa Angola, essa velha mulemba
Em cujos lenho
Pâncreas e estômago
Doem antigas pancadas
Que humilharam, abriram sangramentos
Mas não conseguiram destruí-la.

Impressões de fantástica viagem
Embaladas em papel adolescente:
Robert Louis Stevenson, Julio Verne,
Edgar Rice Burroughs... tragédia,
Farsa, drama, comédia
Como nas fitas em série d'eu menino.

....

O Musseque é Rocinha, é Juramento;
A Baixa é Copacabana, Cinelândia,
Dutra, Palácio Monroe, anos 50;
PIDE é DIP, DOPS, siglas sinistras
Desse filme na tela de minh'alma.

I

Ora é um épico típico: fidalgos,
Galeões e veludos escarlates,
Protocolos, escribas, sacerdotes,
Marinheiros, soldados, arcabuzes.

De repente, um canhão troa no Dongo
É Ngola Kiluanji Inene, imenso!
Um tropel, lava jaga incandescente
Desce das terras de Tala-Mungongo.

Canta o Congo a corimba do combate
Ginga Angola e rebita na revolta.

Ora é um romance de amor:
Nzinga Mbandi se encanta,
Vara, pelo ar, três séculos de mares
Contrai núpcias estelares
Com Zumbi dos Palmares
E vem reinar eterna
Na alma negra do Brasil.
Trilha sonora
A doce melodia
Do quissange longínquo,
O bulumbumba,
A marimba
E cem milhões de engomas.

Agora é farsa impagável:
O mapa à mesa
Como a travessa do assado
O caldo de unto
As iscas de fígado,
Como as dobradinhas à moda do Porto:
– Este pedaço é meu, este pedaço é teu!
– Come! Faz bom proveito!
– Um brinde!
– À nossa!

Lá fora, um mulatinho assimilado
Filho de São Felipe de Benguela
Come sua muamba às escondidas
Cheio de gula mas também de dedos
Pra não sujar o anelão de ouro.
Ambaquistas falastrões discutem preços
Com negociantes candongueiros...

II

Cenário agora é aldeia
É a cena de terror.
No calcinado bosque
Uma mulemba velha e quase cinzas
Espreme o lenho seco em desespero
A ver se ainda dá seiva
Ainda dá fruto
E sombra
Aos cazumbis que chegam de regresso
Fantasmas de antigos contratados
Sangrando o chão com seus sapatos quédes
Rotos de revolta
Dentro de suas mantas e calções
Mijados de humilhação e impotência.

Trilha sonora: a balada
Das balas dos colonos
Solada por um soba e secundada
Por sekulos e cipaios.

Filme de *gangsters* agora:
Na Baixa e nos musseques de Luanda
Estupros e salários aviltados
Filhas prostituídas
Filhos escravizados
Monangambas comendo restos
De branca refeição.
Holofotes no negro da noite
Violando intimidades
Botas arrombando
Portas e cubatas:
Furacão.

III

Mas sempre é um drama de guerra.
Os combatentes
Têm na pele do peito escrito "povo"
Como medalha, condecoração, escudo.
E por baixo da terra
Onde passeia a guerra
Com seu longo vestido de noiva
Verde-oliva
As sementes da paz
Germinam, quase lentas
Mas, conscientemente,
Pois que se alimentam
Do húmus sanguíneo
Destes heróis de bronze,
Hirtos monumentos:
– Amadeu João Paulo! (Presente!)
– Bula! (Presente!)
– Constantino! (Presente!)
– Cristino! (Presente!)

– Dangereux! (Presente!)
– Diogo de Jesus! (Presente!)
– Eurico! (Presente!)
– Ferraz Bomboko! (Presente!)
– Garcia! (Presente!)
– Helder! (Presente!)
– Hoji-Ia-Henda! (Presente!)
– Jika! (Presente!)
– João Rodrigues! (Presente!)
– Kapango! (Presente!)
– Kwenha! (Presente!)
– Lázaro Diogo! (Presente!)
– Nicolau Spencer! (Presente!)
– Nzaji! (Presente!)
– Paulo Mungungu! (Presente!)
– Valódia! (Presente!)

Todos sempre e tão presentes!

O útero desse chão
Por canhões fecundado
Gerou Nzinga Mbandi.
E o sal de seu pranto
No ódio surdo da capitulação
Salitrou esse chão
E fez nascer Irene
E fez nascer Lucrécia
E fez nascer Tereza
E fez nascer Ingrácia
E fez nascer Deolinda.

E o ventre – negro,
Invadido e violentado
Como o chão africano –
Dessas mães
Gerou exércitos de meninos.

À frente deles
Vai Ngunga
Filho caçula
Da estrela matutina
Estandarte, bandeira
Herói infante
Guerrilheiro criança
Pioneiro,

E a semente por debaixo
Segue germinando...

IV

Mas agora – vitória! É carnaval.
O maboque no céu da minha boca
Antes travo do amargo mais terrível
Agora é fruto suculento, doce,
Néctar, refrigério.
E, ante meus olhos turvos,
Onde rolaram águas de todos os zaires e cuanzas
Passa um alegre musical.
Dançam os mutilados
Sagrados na guerra santa.
Dançam os deuses
No altar dos sacrifícios.
Dançam Mutacalombo e Mutanjinji
Trazendo os peixes de todas as águas
E os bichos de todas as florestas
Para o banquete da grande quizomba.
Enquanto Ngonga junta os casais
Que a guerra separou
E os dá a Lemba
Para a celebração dos novos esponsais,
Capita perscruta as brumas do futuro
E adivinha a verdade
Nos olhos de Ngombo.

Os deuses dançam.
E, de Cabinda ao Cunene – pai de todos os rios –
Dançam e cantam os netos,
Bisnetos, tetranetos
Daqueles que com seu sangue abjeto
Fertilizaram o chão do Novo Mundo
E com a sordidez de suas urinas e fezes
Mataram a sede de todas as Bolsas de Valores
E alimentaram o esplendor do Mundo Ocidental.

Luanda inteira
É uma fieira de blocos e cordões
Em oferenda:
Vem de Benguela o “Bismas das Acácias”
E me traz intactas
As flores que colhi na minha infância;
Do Cuanza Sul me vem o “Vinte e Seis de Agosto”
Cantando o meu primeiro verso;

De Malange, o “Brinca na Areia”
Vem e me põe na mão
Um punhado de terra
Que eu pisei há quatro séculos;
Do Namibe, o menino bailarino
Dança equilibrando um aro de bicicleta
E me traz de volta o filho que eu perdi;

De Cabinda, o “Matafala”
E sua Velha-Guarda
Trazem meu pai, minha mãe, meus tios,
Meus avós;
Do Cuando-Cubango, o “Kamué”
Me chama e eu caio/levanto na dança
(Dança de velho, de mestre-sala
na Praça Onze da mente)
Com o “Caboco Meu”
Com o “União Mundo” da Ilha

Com o "União Cívica 54"
Com o "Kazukuta do Sambisanga"
Com todos aqueles reis,
Rainhas, estandartes,
Doutores, bacharéis, alegorias,
Autoridades coloniais de fantasia.

E o carnaval
É um *science fiction* real:

Sobre os campos reflorindo
E as chaminés fumegando
Sobre toda esta gente sabendo
De onde vem/para onde vai
Baila no ar uma palanca alada.

Nave mãe,
Engalanada de luzes cibernéticas
Voando além de todas as galáxias
Muito mais alto que a Tundavala,
Baila um doce bailado em zigue-zague
Feito a Serra da Leba
E vai escrevendo no céu negro
Dessa Angola presente,
A palavra de ordem:

"A vitória é certa"
A luta continua!"

....

Como sucede – dizem – aos moribundos
Na tela de minh'alma passa um filme...

kazukuta no sambisanga

[PARA MANOEL RUI]

E Kazukuta veio a fim de briga
De confusão, como traduz seu nome.
Chegou dizendo: – Aqui não tem mais homem
Só tem miúdo, velho e rapariga!

Virou dez taças, coçou a barriga
Pediu chouriço, que estava com fome.
Gritou à malta: – Quando um luso come
Preto não fala e nem sequer mastiga!

Mas, dito isto, a malta já lambida
De Bakhunine, Marx e outras bebidas
Meteu porrada no filho da puta.

Desde esse dia em que "soltou-se a franga"
Reinou a paz em todo o Sambisanga
E nunca mais falou-se em Kazukuta!

graus comparativos

Onde mais alegria
Que num funeral em New Orleans
Ou no país dos Axantis;
Mais fidalguia
Que em dois corpos recôncavos
Rachando um samba complexo
Miudinho, semba, sexo
No umbigo da baía;
Ou mais tecnologia
No equilíbrio
Das longas pausas do discurso,
No deslocamento das tônicas
E dominantes,
Na análise combinatória
Dos odus,
Na química dos humores
De nossos corpos comburentes
Fundindo seus negrumes,
Nus.

teatro

Amor
Autor e diretor
Já confiou
A mim ator
Papeis ridículos.

E tenta ainda.

o baile do corpo

Ao corpo compete um certo
Estar deitado em repouso
Até que uma deslembrança
A desoras e a destempo
Reavive o que não houve.
A faca dessa lembrança
É espetada no corpo
Com a tal insídia e tal jeito
Que o corpo mal se apercebe
E se deixa retalhar
E o corpo se dá ao gume
Lembrança – voz – telefone.

soneto doador

Hoje eu venho doar a este Amor tudo aquilo que posso:
Minha carne, meus olhos, meus nervos, meu sangue,
meus ossos
Meus cabelos, as unhas, a pele, as secreções internas
Minhas vísceras, glândulas,

A saliva, o esperma
Minha mente, meus sonhos, ideias e ansiedades
Meus anseios, receios e felicidades
Meus prazeres, dever, meus ódios, minhas amizades

Meus presentes, lembranças, tristezas, saudades,
Vitórias...
Doador,

Hoje eu quero entregar minha vida nas mãos deste Amor
Pois só ele detém o poder de juntar meus pedaços
E fazer um eu novinho em folha

os artesãos

Escrevo no teu corpo esta mensagem
Que apenas os sentidos reconhecem,
Quando os ventos noturnos recrudescem
Ao dar lugar à alva e à sua aragem.

Sentas-te, nua, à beira da paisagem
E decifras-me a alma.
            Nisto, desses
Longos olhos noturnos que umedeces,
Nasce um líquido poema à nossa imagem

E semelhança.
            À custa dessas dores
Comuns ao mundo e a nós, fazemos versos
Trabalhos cantos doces pratos cores...

Artesãos de uma argila coletiva
Vamos moldando barros os mais diversos
A quatro mãos à beira dessa vida.

festa junina

No facão da bananeira
Veio a letra do teu nome
Na batata da fogueira
No quentão da minha fome
Veio o gosto inesquecível
De melado e mel-poejo
Que me ficou do teu rosto
Quando te dei balão-beijo.

o anel que tu me deste

Tenho quatro razões para te lembrar

Primeira:
Teus olhos
Mares imensos
(Pintados
a lápis de cor)
Onde por sete vezes me afoguei.

Segunda:
Tua infância
Subtraída por mim
Subitamente
Do fundo de tua boca.

Terceira:
Tua clara lucidez
De garça – tua graça.

Quarta:
O nosso fim
Que te colheu e a mim
Como a surpresa de um atropelamento.

inaê

Eu que não sou do mar
Sei de cantigas marinhas
De já nem me lembro quando.

À noite escuto vozes e marulhos
De não sei que oceanos.
Sei que tato
Olfato e gosto meus sabem do mar
E ao pressentir o amor dos peixes
Farejo maresias
E constato nos ouvidos
Canções de marear.

Fui jangada talvez.
Esta demanda
De vagar à toa em busca das amarras
Isto é coisa de quem já foi do mar...

Eu, que sou só de amar, não sei o que diga
Ante os cantos que sei e escuto à noite.

Só se vêm de Inaê essas cantigas!

a invencível amada

Maria mulher marinha
Couraçada força armada
Mulher de Espanha, invencível
Amada mulher sem nexo
Armada mulher sem sexo
Señor Maria!

Forças armazenadas
Ensiladas, estocadas
No meu peito
Te preparam uma cilada.

Uma, duas estocadas
Uma, duas investidas
Com o verso ariete
E eis-te, nau frágil
Abalroada
Abordada
Saqueada
Avariada
Grossa e doce avaria.

Marinha enfim desarmada
Num mar de rosas, Maria!

dessacralização do mito

Incorporo-te a mim
Como se já não estivesses em mim
Per omnia saecula
Entrincheirada entre meus neurônios
Preparando o delírio, o pesadelo.

Semeio minha mão
Por entre esses níveos e
Inescrutáveis seios
Lavro o mato fulvo
Do teu púbis
E no ato
Regurgito
Os restos do repasto
Níveos, fulvos, liriais, etéreos
Etc.

modo subjuntivo

Amo-te cada célula, cada espaço
Que medeia entre as moléculas que te formam.
Amo-te nos cabelos
Os enredos presos
Em cada fio.

De ti
Não quero tanto a boca
Quanto as palavras que saem dela
Nem a linha do nariz
Me agrada tanto quanto o ar que exalas.

Muito mais me enternece
O teu jeito de ver
Do que a cor dos teus olhos,
Assim como a escultura dessas mãos
Que, mesmo irrepreensíveis,
São muito menos que o gesto
Nelas contido.
Amo-te a alma, amo-te por dentro.
Amo-te, inevitavelmente, o sexo
Mas pelo modo de te dares...

sob medida

Hoje peguei no Sousa os sapatos gelo bordados
E de fivela, que eu mandara fazer por encomenda.
E no Seu Euclides, as duas calças de microfibra,
Uma bege, outra púrpura,
Para melhor calçar e vestir com eles
Meus sambas e poemas...

Mas o que eu queria, de verdade,
Era ter fibra mesmo, em sentido macro
Pra me afivelar em chamas (não gelo)
Ao teu corpo bege e púrpura
E bordar nele – que me cai tão bem
Como as jovens e belas calças que me fez Seu Euclides –
Um poema de alegria e prazer
Exclusivo e sob medida
Como os sapatos do Souza.

fado corrido

A filha do atacadista
Fica me olhando de banda
Como se eu fosse quitanda
De simples mercadorias.

A filha do atacadista
Fica com aquele nariz
De Braganças ou de Aviz
Arrotando dinastias.

A filha do atacadista
Com aquelas costas atlânticas
E as alvas coxas ibéricas
Sugere longos cruzeiros.

Ai, filha do atacadista!
Ai, se eu fosse um magnata
Dos escudos e da prata
Das arrobas de dinheiro!

Ai, filha do atacadista,
Se eu tivesse vinho, azeite
E duplicatas com aceite,
Saía deste massacre:

Te comia com batatas,
Sardinha, cebola e pão
Molhada no alvarelhão
Em plena Rua do Acre.

arabescos

Samia
Tinha lâminas
No olhar e nas unhas
Islâmicas.

A voz morna
Mais que todos os harmatãs
Armava ciladas.
E os cabelos fatais
(All – fatais)
Me emboscavam
Prenunciando tragédias.

Mas a ardente Samia
Que em meu sonho domava
Um alazão alado
Com faiscantes bridões
E cintilantes rédeas,
O que ela queria
Era só me vender
Uma enciclopédia...

ogro

Essa inquilina doida dos meus sonhos
Que tem por leito o meu inconsciente
Se nutre à parca mesa que eu me ponho
Com uma desfaçatez surpreendente.

Essa puta, essa sombra, esse risonho
Espectro de pele, pelo e dentes
Com poderes e artes do demônio
Ocupa-me irrestrita e totalmente.

À noite vem, como se de uma faina
Chegasse. Balbucia-me cantigas
Numa língua que entendo, mas estranho.

Lambe-me as mãos, o sexo e me adora
Prostrada aos pés de mim – essa impudica! –
E quando quero tê-la, vai-se embora...

reza

[PARA ESCONJURAR CANDOMBE SERÊ, QUE É DA FALANGE DO OGRO]

Me acode, neguinha
Me beija, me abraça
Me esconde, me reza
O pelo-sinal.
Me beija na testa
Na boca, no peito
E afasta de mim
Este bicho ruim
Que quer me comer.
Candombe Serê!

Me reza cobreiro
E ventre virado
Espinhela caída
Quebranto, olho grosso
E afasta este bicho
Que quer me levar
Pra longe da vida
Pra longe de mim
Pra longe de você.
Candombe Serê!

Acende uma vela
Meu anjo da guarda
Que o céu nos resguarda
E o bicho não vem.
Me mata esse bicho
Com a espada de fogo
Me reza, me unge
Com teus santos olhos
Pra me proteger.
Candombe Serê

Dá muita comida
Pro teu eledá
Pra eu ficar contigo
E ninguém me levar.
Expulsa este bicho
Com o paxorô
De Babá Oxalá.

E depois, bem depois que o bicho for embora
Tu não te desprendas nem me desabraces
Se... não... ele vol... ta...
Can... dom... be... Se... e... rêêê!!!

logro

Holográfico
Olho o Ogro
Pego, reviro, perscruto
Me enfaro
E jogo fora:
Logro!

Os cabelos do Ogro são pacíficos
Não tocaiam meus dedos
Para enredá-lo
Os lábios são salobros
Os seios alabastrinos alexandrinos
As nádegas só nádegas.

O Ogro só tem parcos cinco sentidos
Não conhece as cantigas que despertam os sonhos
As memórias do tempo em que os bichos falavam
As conversas de pés, ancas, ombros e bundas
Com a sapecada pele das ritumbas.

O Ogro não sente
A voltagem
Nem os elos da corrente.

soneto plácido

[PLÁCIDO: COGNOME DE GABRIEL
DE LA CONCEPCIÓN VALDÉS
(1809-1844), POETA E
REVOLUCIONÁRIO CUBANO]

Basta pra mim! Pois se eu te quis um dia
Exorcizei da mente a jetatura
Ao perceber que a tua arquitetura
Era ártica, antártica, leve, fria.

E vi, além, que o ardor que me alivia
E que meu corpo com avidez procura
Prefere as sombras de uma noite escura
A se mostrar em plena luz do dia.

Amor como esse a que tu me conclamas
E mais parece um calculado jogo
De torres, bispos, vice-reis e damas

Não me interessa. Eu que sou todo fogo
Quero pra mim uma mulher em chamas
Jeje-iorubana... do Benin... do Togo...

sílfide

O fazer bailarino
É vidro,
Por seu substrato extremamente fino.

Fino, aqui, não naquela acepção
De acepipe acessível
A gostos escolados
(de escol)
Como não é, por exemplo, o pepino.

A bailarina
É um tubo de luz fluorescente
Um adorno de pinheiro natalino
Um colar colorido de baiana
No bronze dos carnavais de minha mente.
Todo cuidado é pouco!
Pegou sem jeito, ploc,
Estilhaçou-se!

A minha –
Minha, aqui, no sentido
Do que me está ou esteve
Algum momento em torno –
Era gélida, lívida, quase esquálida
Tinha a pele translúcida de uma lagartixa
Movimentos elétricos de corça assustada
Um pulso que cabia no anel, seu Doutor,
Do meu indicador
Unido ao polegar...

E aí, como é que é,
Como é que foi, Seu Edigar,
Que entre tanto fogo
Tanta labareda
Logo aquela branca azeda
Foi me balançar?

ultrassonografia

Eu amei esse amor como quem ama
Um ideal, um sonho, uma bandeira.
O desejei quase uma vida inteira
E o insuflei quando inda era chama.

Exaltei esse amor, como proclama
Um menestrel ou cantador de feira
A virtude mais alta e sobranceira
De um soberano, um príncipe, uma dama.

Mas esse amor vivido noutro estado
Que não o de esplendor realizado
Foi-se tornando angústia e desconforto.

Até que etérea ultrassonografia
Revelou a beleza que seria.
Mas antes de nascer, já estava morto.

mandingas e muxingas

desáfrica

Peles
Sem o tom suave do alabastro
Cabelos
Sem a cor do sol nas alvoradas
Olhos
Que não refletem céu ou mar.

Esqueçam africanidades
Afro-américas, afrodescendências
Lembrem-se que são **negros**!

Esqueçam que foram congos
Bundos, iorubanos, jejes, axantis
Mandingas, macuas.

Esqueçam clãs, tribos, linhagens
Suas raízes agora se emaranham
Em nossos frondosos troncos genetlíacos.
Lembrem-se que são **negros**!

Inquices, orixás, voduns
Obossons e ancestrais
São fantasia.
Vocês são dos Santos,
Da Cruz, dos Reis, do Sacramento.

Introibo ad altarem Dei
Sed memento quia ***nigros*** *estis*!

história para ninar cassul-buanga

Um dia, Cassul-Buanga, alguns chegaram:
A pólvora no peito, uma bússola nos olhos
E as caras inóspitas vestidas de papel.

Vieram numa nau de velas caras,
Bordadas de cifrões.
Suas mãos eram de ferro
E falavam um dialeto
De medo e ignorância.

E fomos.
Amontoados, confundidos, fundidos, estupefatos
Nossas dignidades eram dadas mar atrás
Aos peixes.

Chegamos:
Nosso suor foi o doce sumo de suas canas
– nós bagaços.
Nosso sangue eram as gotas de seu café
– nós borras pretas
Nossas carapinhas eram nuvens de algodão,
Brancas,
Como nossas negras dignidades
Dadas aos peixes.
Nossas mãos eram sua mão de obra.

Mas vivemos, Cassul. E cantamos um blues!
E na roda um samba
De roda
Dançamos.
Nossos corpos tensos
Nossos corpos densos
Venceram quase todas as competições.
Nossos poemas formaram um grande rio.
E mamamos e nos demos.
E nos demos e amamos.
E de nós fez-se um mundo.

Hoje, Cassul, nossas mulheres
– os negros ventres de veludo –
Manufaturam, de paina, de faina
Os travesseiros
Onde nossos filhos,
Meninos como você, Cassul-Buanga,
Hão de sonhar um sonho tão bonito...
Porque Zâmbi mandou. E está escrito.

capoeira

– Cala a boca, muleque!
– Muleque é tu!
[DE UMA CANTIGA DE CAPOEIRA]

No alto, um "V"
No chão, a mão.
O arco tenso
De volta ao chão.
Ginga São Bento
E o xingamento
Muleque é tu!

Calar meu braço, como?
Se o músculo
É tão maiúsculo?
Calar meu peito
Como?
Se a voz é antiga
E esta cantiga
É antes do tempo?

Ao longe, Angola
Alonga o olhar e o braço
A esta baía
De cais e coisas ancestrais:
Bundas, cachimbos, diamba, carimbos
Muambas, arengas, quitutes, mulambos...

poema de natal

Naquela noite,
Eu, meio eu meio outro,
Meio reto meio torto,
Naquela noite,
Eu, abraçado ao garrafão de vinho
(As passas e avelãs num embrulhinho)
Vi, no meio do caminho
Entre duas vielas da favela,
Juro que eu vi, eu juro,
Sair de dentro do escuro
Um anjo crioulinho.

Não que as aparições me fossem estranhas,
Já vira em delírios incríveis
Assombrações medonhas
O saci pererê
O candombe serê
A mula sem cabeça, o lobisomem...
Mas é que aquele crioulinho anjo
Moleque de cartola, fraque e pé descalço
Parecia comigo.

Não que eu me considere um anjo de candura,
Tomo cana pura, já briguei de soco
E no Natal sempre me excedo um pouco.
Mas é que aquele anjo...
Era um mametozinho de congada
Um babalotim de afoxé
Um erê de final de candomblé
Um deus-menino de açúcar mascavo
Um curuminzinho de pajelança...
Benedito criança!

Foi aí que entre um passo de samba e um volteio de valsa
Como se bailasse sobre as ondas numa balsa,
Ele cantou assim:

Eu venho das lendas do fundo do mar
Sou avô e neto do Rei Baltazar
Sou filho da estrela Aldebaran
Sou noivo da Sereia Mucunã.
Vim pisando as pedras
Do agreste sertão
Que une Manágua
Ao rio Jordão.
Trago do Mali
Milênios de História
Para calar a boca
Branca de Pretória.
Trago o leite e o mel
E a seiva sanguínea
Para irrigar as veias
Da fome abissínia.
Eu vim numa nuvem
De mortífero gás
Na palma da guerra
Para trazer a paz.
Com licença, auê!
Com licença, auá!

Cantou e se encantou na noite de onde veio
Pondo no ar um aroma doce, denso
De mirra e incenso,
E deixando faiscando um sonho de ouro antigo
No bolso incrédulo do meu paletó mendigo.

o ancestral

Elegante, o marfim dos dentes
de elefante. Frente para as costas
do mar sem fim.

Elefantes na boca da noite,
Na pele de antílope da noite.
Água salobra bebida na palma
Na sua folha da mão.

Suor molhando as costas de marfim
Preto, vermelho e branco
Untadas de óleo de palmeira.

Volta do mar sem conta
A canoa à choça:
Quantos peixes peixes!

candomboro

Os poetas negristas
Cabelouros bastos
Vestiam onomatopeias
E saíam nos livros
Em candombes alucinados.

Tumba calumba
Retumba mondongo!

Formavam comparsas
Atlânticas, pacíficas –
Congas, lubolas, quimbundas
Arrebanhando multidões
A cada tiragem.

Bumba sandunga
Mayombe macumba!

Os poetas negristas
Costumbristas
Deslumbrados
Ouviam o galo cantar
Mas não sabiam ao certo
Onde e por quê
Candomboro
Ekondombolo, o galo,
Cantava.

toada 121 anos depois

[EM 13 DE MAIO DE 2009]

Hoje, daqui a pouco, aqui,
Dezenas de nós, em todo canto,
Ergueremos aos céus
Os punhos desimbambados
As cacundas libertas de libambos
Toando ao ritmo rouco das angomas
Gingando, cambalhotando
Ao som de nossos frouxos berimbaus.
Ali,
Estarão aqueles
Que não inventaram nem o ritmo
Nem a ginga,
Com seus dread-locks de fio plástico
Seus abadás de feira
Seus laguidibás de camelô
Ares compungidos por exigência do mercado.

Mas que sejam bem-vindos!
E que sejam louvados! Saravá.

Enquanto isso,
Aqui, lá, acolá, e desde sempre
No escuro dos arquivos
No mistério dos pegis e gongás
Nos templos fora-do-comércio
No exílio da mente
Outros tantos
Mas nem tantos
Evocarão nosso holocausto mambembe,
Sem público, sem lobby, sem audiência
Com a chama só de uma vela
Mais três gotinhas de água fresca
Uma caneca de café
E uma tamina de angu
Depositados ao pé desta lembrança.

canto banto

Se alguém disser que eu sou Nagô,
Eu nego logo;

Se disser que eu amo o Omolocô,
Eu homologo.

Omolocô não é filho de Loko
Nem é cabula ou casa de caboclo:

É papo de Lunda-quioco...
Omolocô

num embondeiro

Velho embondeiro,
O grosso tronco
Cor de elefante,
Hirtos os braços
Secos, retorcidos
Num brado lancinante.
Velho embondeiro
Velho quimbanda
Velho gigante,
De vossas folhas
Quero o bálsamo
Pra alma doente,
De vossa casca
Quero esta fibra
Multivalente,
De vossa múcua
Quero esse sumo
Reconfortante.
Velho embondeiro
Velho quimbanda
Velho gigante!

samba em roda de cachoeira

À MODA DE BANDEIRA

[PARA MEU IRMÃO JOEL RUFINO]

Mulata velha ex-cravista açucareira
Feita no jeje, tipo agroexportadora
Mulata velha de tabaco e atabaques
Beneficiando fumo e vapores
Maléficos de charutos finos.

Mulata estrela dalva danemaniana
Xaxando e machucando samba miudinho
No super suerdick suingue do pandeiro
Me diz: com quantos vaus
Se faz um rio tão paraguaçu assim?

Me assunte
– não é por mal que lhe pergunte:
A Bahia
Nasceu jeje-iorubá no mojubá
E o baiano criou?

Mentira
Cascata
Fuleira, Ioiô!
A Bahia nasceu
Jeje-angola-nagô
Em Cachoeira
Feita de açúcar.

E um dedinho de dendê, é claro!

poema cortando quiabos

Não sei se você gosta de quiabo
Esse fruto cilíndrico e alongado
Discriminado por "gosmento"
Denominado *hibiscus esculentus*
Pela comunidade da Ciência
Mas que nós, povo de Angola ou de Nagô.
Chamamos de ilá ou quingombô.

É comida votiva de Xangô
E de Ibêji,
Aos quais preparo
Com fé e esmero
Hoje, 30 de setembro, uma oferenda.

Obá caô can!
Caô cabiecilê!
Bêji oró!
(As rodelas
como na ampulheta
o pó
vão caindo
len
ta
men
te
no oberó)

Xangô me defenda!
Xangô, me dê paz!
Reserve pra mim
Coisas especiais!

E, através da mandala
Que as rodelas vão formando no oberó,
Fala
O Grande Rei de Oyó:

– UM RAIO QUE ENVIEI
RISCOU EM RUBRA ROCHA
INTRINCADO ANAGRAMA:
ERA O TEU NOME
MAIS O NOME DAQUELA QUE TU AMAS.
ISSO SE FEZ
HÁ MUITO TEMPO ATRÁS,
E ESSA LUZ QUE SÓ HOJE SE ACENDEU
PRA TE AQUECER E ILUMINAR
É FOGO MEU,
NINGUÉM PODE APAGAR!

(Três rodelas miudinhas,
três estrelinhas,
reluzem ao sol na borda do alguidar)

Ibêji vão falar:
Nossa Senhora pretinha
Dona Rainha do Céu
Cheira a cravo, cheira a rosa
Fala de bala de mel
Ela é a conchinha da praia
Que Xangô te prometeu.

(O barro rubro do alguidar
já é um mar
ou um bosque verde-mata
sarapintado das bolinhas brancas
dos ilás)

E eu peço aos orixás,
Despejando os hibiscos na gamela,
Alafiá, axé, ouô...
E ela.

Não sei se você gosta de quiabo...

nos trilhos

Tenho um encontro marcado com Ogum
Um ogum angoleiro, mandingueiro, banto
Roxo-Mucúmbi
Um ogum que não é nada santo.

Ando até a beira dos trilhos e ele vem
Nos vinte e um vagões do seu trem
Negro de tanta fuligem e minério
Cavalgando zunindo o comboio
Do seu mistério.

Chega
Fareja o cão que imolo
Em seu louvor
O esquarteja, esposteja.
Numa quenga
Com dendê e cerveja
Sorve a menga
E vai chispando
Vulçano africano
Abissínio Thor
Ferro, fogo, vapor.

E a vida segue nos trilhos...

da mata

No dia em que o Chefe
Gritar pela posse
De tudo o que é seu
Como é que vai ser, ô serrador?
Quem vai te suprir, ô predador?

Ele é guardião da mata
E dos animais

Protetor dos rios
E mananciais

Guardião do corpo
Contra todos os grilhões

Provedor de lares
Vilas e nações.

No dia em que o Chefe
Gritar pela posse
De tudo o que é seu
Como é que vai ser, ô serrador?
Quem vai te suprir, ô predador?

Caboclo que corta pau
Não tira madeira à toa.
Pra fazer sua canoa,
Seu copiar, seu jirau
Faz um corte horizontal
Até chegar na muxima
Aí tira, baixo a cima,
Só o que é fundamental.
Quem manda na mata é o Chefe
E o Chefe é vingador...

um alguém

Era um alguém
Mais que sobrenatural
Dono de algo especial
Que ninguém decifrou.
Um dia, mel
Outro dia, amargo fel
Infundindo terror,
Caçador pregador
Vagando ao léu.

Quando era mel
Sua voz no azul dos céus
Alcançava mil bemóis
Refulgindo ao sol.
Virado em fel
Produzia só um som
O de seta no ar
Ou o silêncio do anzol
Um peixe a fisgar

Dizem que era no fundo
Uma ninfa encantada
Presa no limo do rio
Ou na mata fechada
Por uma pena de amor
Sem nome ou sobrenome.
Estranho amor
Que alimenta e consome
Fascina e mete medo
Fantástico segredo...

contracanto

O “Homem que Diz”
Chamou meu pai
De traidor
Meu pai não gostou
Meu pai não gostou.
Por que traidor
Se ele é dono do verdor
Do frescor
Que ameniza o calor?

Dandá, peregum, quitoco
Iroco, dendê, guiné
Teu muito sem folha é pouco
Meu pouco com folha é muito axé

Olho-de-boi, noz-moscada
Manjericão e árvore-do-breu
No mato sem folha, eu não sou nada
Com folha do mato, eu sou mais eu.

rei fundador

Raio, centelha, trovão
Que me deslumbra
Pedra que bate no chão
Fragorosa e retumba.

Machado que racha o pilão
Que engrossa-me a
Palma da mão.
Que planta meus pés
Rés do chão.
Derruba!

Raio, centelha, trovão
Que pune o mentiroso
Que pune o mau, o ladrão
E o duvidoso.

Saúdo o Rei Conquistador!
O rei que jamais recuou
Nem se enforcou
Como um dia quiseram.

Saúdo o senhor do tambor
O dono da dança e do amor
Amansador
De belas e de feras...

canção do monte conselho

Rio Vermelho:
Iemanjá se mira
Em seu líquido espelho
De búzios e luzes
Quando a voz atroz
Dublando Jeová
Adverte Iemanjá
Num tom grisalho, velho:
"Arrependei-vos
E crede no Evangelho!"

Iemanjá mira a voz
Do estranho Salvador
E só ouve rancor
Na arrogância da fala
Então, cala
O marulho das ondas
E indaga a Olodumare
Se é d Ele aquela voz
De adaga cega.
Ante a negativa
Interroga Olorum:
Ah! De jeito nenhum!
E por fim
Pergunta a Olofim.

Três vezes dito não
Iemanjá regurgita em negro vagalhão
Cacos de ideologias naufragadas
Restos de arianismos submersos
Libambos bambos.

Em sua túnica hipócrita
Ensopada
Da golfada marítima
O Jeová impostor
Entre apupos e sambas
De roda e de chulas
Toma do saco de dracmas
Desce o Monte Conselho
Deixa a cena, dramático
Histérico
Vociferando hipérboles,
Eclipses, apocalipses.

E a paz retorna azul
Ao Rio Vermelho.

orín yemayá

[PARA NELSON, ZERO E LEO]

Iemanjá, dizem,
Mora em Salvador, num rio vermelho,
Vizinha do escritor Jorge Amado
Das irmãs-d'água e do fogo
Yara, Yone e Yéry
E do Tio Renato, bento demais.

Acontece que hoje
Iemanjá veio a mim líquida e certa
Ali entre aquelas pedras
Naquele canto da praia grande
Entre Itacuruçá e Ibicuí
Na costa verde do rio.

Era uma senhora negra
De ancas enormes
De andar jogado como um barco pesqueiro
Tinha seios redondos e cheios
De cujos mamilos
Jorrava manteca de corojo.

Falou, cantando, a mim
No mais claro lucumí
Seu nome Assessu.
Lavou minha cabeça
Em nome de Olokum.
Comeu guloseimas
Que eu lhe levei em oferenda.
Dividiu comigo
Uma cuia de vinho de palma
Depois foi embora lentamente
Mar adentro de mim
Montada num pato
Enfeitado de fitas coloridas
E lhe contando as minhas penas.
Foi embora
Para que baía?

recado do mar

Joga a rede no mar.
E o que ela trouxer,
Seja bem-vindo.
Pode ser um olhar
Num rosto de mulher
Sorrindo.
Pode ser um colar
Um broche, um fecho ecler
Um brinco.
Tudo o que te voltar
Seja o que o mar quiser,
Seja bem-vindo.

Tostões, vinténs, dez réis,
Cordões, botões, anéis,
Galões, vasos, tonéis,
Destroços, ouropéis
O que vier de lá
É um recado do mar
No claro linguajar
Todo peculiar
Que tem o mar
Pra nos falar.

mãe do mel

Frescor de veio nascente
Vigor de larga torrente
Vindo
Lá de muito longe
Linda
De além do horizonte.

Água que lava mazelas
Reanima reconforta
Abre todas as portas
Às fantasias mais belas
Aos mais dourados tesouros
A seios rijos e fartos
Intermináveis espasmos
Inconfessáveis incestos
O leito ornado de ouro.

Mãe do Mel
Dona dos toucados
Dona dos babados
Dona dos mercados
Mãe do Mel.

Ainda ontem, vim de lá de Oxogbô...
Ainda ontem, vim de lá de Oxogbô...

Eu sei o bem que se esconde
Sob as águas desse rio.
Vindo lindo lá de longe
Colhendo lírio lirulê.

salve, rainha!

Vento Harmatã
Que vem lá do Norte
Soprando fagulhas
Pra queimar a morte.
Trazendo no bojo
Um ginete coral
E nele, montada,
A rainha amazona
Rubra sob o pálio,
Mandona dos raios
Calcinando o Mal.

Rainha fogosa,
Senhora impiedosa
A vós recorremos
Neste ponto extremo
No fundo desterro
No árido dcscrto
De acertos e erros
Nesta savana
Da condição humana
Nesta floresta
Onde nada mais cresce

Ah, Senhora dos Eguns,
Madrinha dos mortos
São muitos os portos
Abri-nos alguns.
Rainha do vento
Que vem lá do Norte
Sopra, vai soprando
Mais vento, mais forte
Pra matar a Morte
Pra matar a Mor...
Pra matar...

lagoa

Ninguém sabe o que jaz
Sob a água parada
Ninguém soube jamais.

Pode ser lama podre
Morta, envenenada
Pode ser vida pronta
Que aqui se refaz.

Ninguém varre os quintais
Do fundo da lagoa
Ninguém sabe o que jaz
Sob a tona da paz
Que morre a cada manhã
Quando dorme Nanã

A lagoa é Oçá
Velha água parada
Tristonha superfície
Imóvel de velhice
Vovó Burucu.
Já quase irmã de Exu.

Lagoa é cemitério
É o fundo do baú.
Tem muito mistério
Dentro desse angu.

jerônimo lázaro

Chacoalham guizos
Dentro da noite.
Zunir de açoites
Geme tormentos.
Triste lamento
Do abandonado
De um rejeitado
Filho sem mãe.

Dorme, filho de Manana, ê!
Que outra Mãe vela por ti.

Nas águas do meu mar
Vou te banhar
E transformar
Tuas lágrimas em pérolas.
E das chagas
Dos teus dissabores
Nascerão flores.
E amores vão se abrir
Em pétalas
Benignas
Sem mácula,
Jerônimo Lázaro,
Jerônimo Lázaro,
Jerônimo Lázaro!!!

um velho muito velho

Era um velho muito velho
Muito mais velho que o tempo,
Que o primeiro mandamento
Entregue por Deus ao Homem.

Era mais velho que a fome
Que a escassez e a abundância.
Tinha a pureza da infância
De tão velho que ele era.

Era mais velho que as feras
Que moram nos pesadelos.
Muito mais velho que o gelo
E do que o fogo nas matas.

Muito mais do que as cascatas
E as verdade do Evangelho,
Era um velho muito velho,
Muito velho, muito velho ...

Tão velho
Que era velha também.

batucadinho

Vem comer mungunzá
Vem comer caruru!
Ajeum Mó
Mó ajeum!

Prum quimbombô no capricho
Camarão do lixo é melhor que pitu.
Deita dendê no tempero
Pimenta de cheiro no meu ajeum.

Vem comer mungunzá
Vem comer caruru!

Batata doce, paçoca
Cuscuz, tapioca, bolo de fubá
Bala e cocada bastante
Bolo de estudante, quindim, mungunzá.

Vem comer caruru!
Vem comer mungunzá
Mó ajeum!
Ajeum Mó

Hoje a festa é de erê
Hoje a festa é de erê
Hoje a festa é de erê
Só promete agrado, quem tem pra vender
Promete e não cumpre que você vai ver!

orin orumilá

Orumilá
Sinal do Orum
Me ilumina
E faz humilde.
Me orienta
Alimenta meu ori
Mantém-me úmido
E fresco o rumo
E ereto o ará
Como o cetro
Ossum-Ifá.

alafiá

Alafiá
Lugar sempre buscado
Mas pouco descoberto.
Reino onde reinam
As regras da razão
E do viver correto.
E o cauto caminhar
(kíníkíní)
É o meio de encontrar
Alafiá
A lógica, a razão
O Reino de Oxalá
Que, porém, por estar
Já velho, muito velho,
Pode se resfriar
E, frágil, se quebrar
Ante a brisa mais leve.

chante de doulè pou mwen frè d'haiti

Atenção ao apelo
Dos elementos:
Eles vociferam clamores
Brabos, violentos
Rubros calores
Congelam ventos
Borbulham lavas
De verões purulentos.

Ah, mwen fré d'Haiti!
Esperáveis o que
Como única nação da História
Criada por uma revolta de escravos?
Wi. O ódio das grandes potências
E o mundo te virando as costas.

Ansiavas o que
Quando quebraste o encanto escravista
Provando que a cadeia de dominação
Podia ser rompida?
Wi. A ousadia dos negros em todas as Américas
E o temor dos senhores.

Esperáveis o que
Dos grandes investimentos estrangeiros?
A drenagem de tuas riquezas
Para os países industrializados
O endividamento progressivo
E a dependência total?
A exploração desordenada da terra
E a exaustão do teu solo?
Jamè! Claro que não!

Maus elementos:
Narciso cioso só
Da pérola
No próprio umbigo.
Gargantua
Pantraguélico
Devora shopping centers.
Sentimentos fenecem
E levam para o túmulo
O sentido das coisas.

Ah, mwen frè d'Haiti !
Esperáveis o quê?

Mizè, mizè, Bondyé?
Uma esmolinha, agora,
Pelo amor de Deus!

larkansyèl

Quando Larkansyèl
Aparecer
Unindo o céu ao mar.
Você há de me ver
Rompendo o ar.

Pois tudo nada mais é
Que o início e o fim
O yang e o yin
O não e o fim
Chuck Berry e Sting

E toda cor
É uma ilusão
Subtração
Ou adição de luz
Em rubros
Dourados e azuis.

Quando Larkansyèl
Aparecer
Aí você
Vai enxergar
Então verá
Rompendo o ar
O céu no mar.

spiritual

Óooh, prados verdes
Por onde meus olhos
Passeiam, repousam:
Óooxóssi!

Óooh, águas serenas
Onde meu corpo cansado
Se banha, refresca:
Oooxum!

Óooh, trilhos, caminhos
De ferro, de pedras
Por onde vou indo:
Óoogum!

Aaah, céu, sol, sons
Me envolvendo
Impulsionando
Acelerando
Ao Infinito:
Aaagô!!!
Aaavô
Ah, voo
Ah, vou.

muçurumim

Vésper longe me estrela
E a lua prenhe
Estende alvo lençol
Sobre o meu chão.
Prostro a alma e oro.
Guardiã, a mangueira
A porteira sombreia e
Farfalha nas palhas e lâminas
De coqueiros e canas
Litanias islâmicas.

Estendo o olhar
Ao luar quase alvorado
A agradecer à noite
O corpo são, a mente calma
E rogo,
Ao dia que se faz,
Estabilidade, paz,
Evolução, harmonia.

Alá Ucbáru!

Do minarete
Vejo Vésper longe
Lá num céu mina-jeje
Marcando no atefá
O signo de Ifá:
Otura-Mêji.

ogum, iê

Na boca da estrada
O inhame e o berro
No gume da espada
O sangue e o ferro.
Estremece a terra
Rompe o mundo,
Pega e quebra os potes
Come tudo...

É ele que vem.
É quem? É quem?
É ele que vem.
É quem? É quem?

Ele sopra e o ferro derrete
Ele é um, ele é três, ele é sete
Ele corta, ele mata, ele mete
Ele é um, ele é três, ele é sete...

Alabedé, Omini, Ogunjá, Uarri,
Akorô, Mejê, Onirê
Ferreiro com guerreiro
Fazem:

– Ogum, Iê!!!

changó n'ilé lili

[PARA SONIA, EM SUA COROAÇÃO]

Changó chegou na casa de Lili
Nome pela qual atendia
Doña Aracelia Gutierrez.

Veio de Atarés, Changó
Sacudindo o acheré.

Três negrinhos
Dentes de ouro
Soavam os batás
Okonkolo, omelé e iyá
À frente o rubro estandarte
Onde se lia o odu Obara Oxe
Pintado em ouro.

Changó chegou na casa de Lili
Dançando uma rumba brava
O corpo em candela
Fogo puro.

Comeu o cacho verde
De plátanos Johnson
Buscado em sua honra
No mercado estatal
De Quatro Camiños.
Bebeu conosco o rum Havana Club
E a cerveja Bucanero Max
Com chicharrones
E yuca ao molho
De limão e alho.

Fumou o puro
Que Papá trouxera
Pa conseguir mais uns trocados
O cheiro até agora
Em nossas mentes
Com o repique dos batás
O baixo de pau
E a guitarrinha de três cordas duplas

No bar
Protegido do sol
Da velha praça de Havana Velha
A iaô toda de branco,
Inclusive o chapéu de crochê.
A sombrinha e as meias.

Para ver Changó
Na casa de Lili

ei, pastor!

Ceux qui n'ont inventé ni la
poudre ni la bussole (...)
Mais ils savent em sés moindres
recoins le pays de souffrance.
[AIMÉ CESAIRE]

Ei, pastor de ovelhas alienadas!
Eu não descendo de Abraão
Nunca escalei ou desci
Esse monte Sião de onde me fitas
Tampouco me banhei ou lustrei
Nesse Jordão em que te banhas!

Olha meus olhos, pastor,
E vê se eles não lembram um céu noturno
Sem nuvens, só estrelas.
Mede bem minhas narinas
E vê se não semelham
Os foles do Ferreiro primordial.
Sente a tessitura do meu cabelo, pastor
Vê como ele é áspero, não de ovelha.
Eu não descendo de Abraão, pastor!
Nem de Rômulo, eminência!
Nem de Enéas, reitor!
Eu sou anterior!

Meus ancestrais foram os pais da raça humana
Os primeiros a atravessar o Mar Vermelho
Depois de se ungirem nas águas do Nilo inaugural.
Foi deles o sêmen
Que fecundou o Iêmen,
Fez nascer as terras bíblicas
E os prodígios da civilização ocidental.
Eles foram os primeiros migrantes
Foram deles as primeiras orações
Recitadas ao toque dos tantãs
Materializando a cadência.

Meus mais-velhos sabiam
Que o vaivém da palavra é a essência do ritmo.
Foram eles os primeiros a eternizar o poder
Em máscaras e esculturas.
E foi a eles
Que o Supremo primeiro outorgou
Sua Força Vital
E o poder de fazê-la atuar
Sobre toda a sua descendência.
Depois, depois é que vieram os heróis civilizadores
De todos os povos
Que por mandato do Supremo
Usaram a Força Vital
Na organização de suas comunidades.

Eu sou anterior, Pastor!
Por isso, aqueles entre os quais me incluo
Exigimos as primícias, as primeiras homenagens
E que antes de tudo nos seja dada a palavra
Porque nós, só nós, somos o Verbo atuante
Não no nível mental da compreensão
Mas na dinâmica do comportamento.
Nós somos o Saber extraído não dos livros
Mas da experiência e da observação.
Os livros são conhecimento;
Nem sempre sabedoria.

Nós somos a Arte, não feita para o deleite
Mas como resposta ao fenômenos do Universo
Criador causa primeira da vida
Fonte de vida, esperança, ritmo
Intuição e saber.
Nós somos a Música,
Arte do espírito e da alma
Mas também arte do corpo
Humanizando as harmonias
Dos vastos ritmos do Universo.
Nós somos a Dança, alegria de viver
Orgulho e refinamento nas solenidades
Fé e contrição nos rituais
Vigor no trabalho, coragem na guerra.

Ei, cardeal primaz
Eu não descendo de Adão!
Nem de Abraão, pastor!
Nem de Rômulo, eminência!
Nem de Enéas, reitor!
Eu sou anterior!

repto

I

Dia tal às tantas horas,
Lá estará à minha espera
A Morte – estátua erigida
Em rolamentos de esferas,
Vestindo sua melhor túnica
Depilada a longa tíbia
Dúbia, flébil, tênue, tíbia
Postada frente ao edifício
Onde, num subterrâneo
Faremos um amor tão súbito
Que a tomarei por errônea
– ela, a dama sempre idônea.

II

Tudo é mortal sobre a Terra:
O salto do acrobata
A asfixia da gravata
O tiro, no jornal
O pecado inicial.
Meus ternos
Que eu julgava eternos
(o gaio e o grave:
o da missa e o da liça)
Se foram para o limbo
Ambos genuflexos
Rotos nos joelhos.

Tudo é mortal
Inclusive o poema
Delicada gema
Que, se soterrado
Pelo sono ou pela
Sugestão diária
Da não-vida árida
Ou pelo rebrilho
De uma estrela falsa
Nunca é mais poema
É uma pobre valsa.

III

A vida não dá saltos
Mas a morte
(essa lula de tentáculos e óculos)
Essa, pula e ulula
E tenta tanto os atletas
Quanto os poetas –
Seu sustentáculo,
Seu combustível.

IV

Mas eu não cedo
E não me vou tão cedo.
Diga-lhe que me espere
Em seus rolamentos de esferas
Que o sol me fere
E o Amor
Me sai da ponta do dedo
Indicador.
Diga-lhe que espere
Sentada
Enquanto canto a marcha nupcial
E deito na cama e faço fama
E filhos.
Que se deite nos trilhos
De uma ferrovia
E que me espere um dia
Bêbada,
A túnica já rota,
Entre um vômito e um arroto
Que eu não tenho medo
Mas não vou tão cedo.

o esquadrão da vida

Esquadrinho a Sorte
Com meus olhos-câmera.
Vejo, em torno, o caldo
Verdesperançar-se.

Abro a vida em lotes,
Vejo mais haveres
Que deves, que nada.
Prêmios de seguro
Morrendo de velhos,
Indo de maduros;
Limões pelo chão,
Coisas de consumo,
Alienações.

Vida por um fio
De alta tentação
Me defino: Vivo!

Se a morte se engraça
Pulo dentro dela
Saio na porrada
Que os padrões da morte
Não me dizem nada!

apêndice

N.E. Este apêndice reúne o prefácio e a orelha do livro "Incursões sobre a Pele", publicado em 1996, pela Artium Editora.

incursões para além da pele

RESSALTA, DESDE LOGO, NESSE *Incursões sobre a Pele*, a intimidade com a música e com a assunção da etnia. Não surpreende: o autor, advogado, publicitário, escritor, pesquisador da cultura afro-brasileira é compositor consagrado e uma das mais atuantes presenças na luta pela afirmação da identidade cultural da gente negra do Brasil. Suas armas principais: a palavra e o canto. Nei Lopes, nesse livro, enfrenta galhardamente o desafio de uma literatura conscientemente compromissada, e consegue ultrapassar o risco do panfleto, sombra que costuma adejar nesses espaços.

O escritor, estrategicamente, didatiza seu texto. Divide-o em blocos temáticos, prática que, de certa forma, facilita a compreensão de sua mensagem. Assim, no primeiro grupamento, posiciona-se diante da condição étnica assumida. O título, o mesmo da obra, revela-se indicador: *I – Incursões sobre a Pele*. E essa pele identifica metonimicamente a condição negra. O poeta se assume como sujeito, na afirmação da identidade cultural. Consciente da situação do negro, seja no Brasil, seja na África, seja nas demais comunidades da diáspora africana, não carrega, entretanto, a pele como um fardo. Mas, como está no poema de abertura, "como um fato/da cor do Homem/da História/da luta e da vitória". Assim posicionado, seus poemas associam os espaços da valorização cultural da etnia ao âmbito da preocupação com a condição humana. Consciente da exclusão social que marca o negro, denuncia-a e num texto revelador de revolta incontida, propõe a resistência, necessária, e exalta os deuses afro-brasileiros, configura as oposições entre o português colonizador e o negro escravo, e afirma a esperança num futuro em que os meninos negros "hão de sonhar um sonho tão bonito", esperança ampliada no seu "O Melhor Poema". Onde escreve que no mundo novo, veremos

Nosso mútuo enlevo ante o sorriso dos negrinhos
Nossa conjunta lágrima ante a fome dos negrinhos
Estarão em nós, em ti, em mim
Em nosso verdadeiro Homem.
Só que não haverá lágrimas nos olhos dos negrinhos
Pois que os Homens se terão dado as mãos

Na sequência dos blocos, trata da mulher que, independentemente da cor da pele, emerge como objeto de amor e de desejo, neorromanticamente valorizada. É a mulher dominadora, "com poderes e artes do demônio", que o encanta e seduz e ao seu gesto de posse vai embora; fragiliza-se, na sua condição bailarina, e desvalorizada na sua condição de "branca azeda" mesmo assim, para seu desespero, se torna fascinante; no mesmo espaço onírico, é a islâmica mulher de cabelos fatais véspera de possíveis tragédias, romantismo fraturado, à maneira de Álvares de Azevedo, diante da prosaica intenção da jovem de apenas querer vender uma enciclopédia... Curiosamente, sempre que se vê diante da sedução da mulher branca, debate-se, defende-se com as armas do humor e da ironia. É o caso desse poema e mais de "Dessacralização do Mito" e de "Logro", onde a figura feminina aparece identificada como "ogro", bicho-papão, entidade malévola, portanto, que "só tem parcos cinco sentidos,/Não conhece as cantigas que despertam os sonhos./As memórias do tempo em que os bichos falavam/as conversas de pés, ancas, ombros e bundas/com a sapecada pele das ritumbas". Já a mulher negra emerge sacralizada, exaltada física e espiritualmente.

Em outro conjunto, ainda em primeira pessoa, trata da magia do mar e da mitologia negra, valoriza as raízes africanas da religiosidade afro-brasileira, identifica-se com o povo de Angola ou de Nagô, e nesse sentido, destaca até os pratos específicos, como o quiabo, chamado pela gente de Angola de ilá ou quingombó, comida votiva de Xangô e de Ibêji. A rigor, a valorização da etnia perpassa todos os grupamentos do livro.

Num "Álbum de Figuras", homenageia as pessoas que habitam sua admiração e emoção. Seu pai, Tia Zica,, "Tia Zica Brasil,/Panteón de glórias/Epopeia triunfal/ Avenida engalanada,/Sem *klu-klux-klan*/Sem *apartheid*/ Sem napalm/Sem Namíbia,/Tia Zica jaz, *blue*,/dentro de mim", o flautista Alberto de Mendonça, e mais Joana e João, envolvidos num caso de amor e morte. Nem faltam os homens do cais e os tecelões, que o poeta entende sequiosos de poesia sim, mas de canto mobilizador da esperança, como esclarece na palavra do poema a voz clarificadora de Iemanjá, senhora das águas e dos peixes. O rio São Francisco é antropomorfizado, para permitir o engajamento do poeta, um São Francisco que leva "a palavra água e de energia/sermões de mil *volts*,/aos gaiolas,/à gente da beira" um rio santo que só se permitirá parar "No dia em que o homem, o peito irrigado/Não mais for escravo/Da terra e do homem". A preocupação com a liberdade é outra das tônicas dos poemas.

"Poesia Itinerante" reúne, na sequência, a valorização da África, da mulatice: "*Ay*! Que ser mulato e atento/ Às tentações dos sentidos/É estar comprometido/com rituais secretíssimos" de Cuba, marcadamente musical, carregada de ancestralidade, de opressão e, definitiva, por Sierra Maestra, em cuja descida, a ilha lhe vem no ritmo da "canção negra sem cor/E só de estrelas". Logo, é uma louvação a Louis Armstrong, traduzido "Luís Braço Forte. Nos braços da morte", "São Luís do Braço Forte", "Livre, nos braços da morte".

Seguem-se os "Poemas de Angola". E o poeta, identificado, solidário:

Angola
É uma gazela correndo no meu sangue
É uma fêmea de Anopheles darlingi
Me picando a alma
E inoculando o vírus de uma febre

Que me incendeia e faz
Tremer eternamente
Num delírio de paz e igualdade.

Permite-se até um soneto com estrambote, na "Balada do Soldado", surpreende natureza viva e beleza do embondeiro e do salto dos peixes na Baía de Luanda, exalta a paisagem de Benguela, sonetiza o conflito com Kazukuta, o português, funde dimensões culturais e sociais negras de Angola, América, Brasil, Rio de Janeiro, dimensões de tragédias e comédias, farsa e drama ciente de que a luta continua.

Fecham o volume das composições de "O Esquadrão da Vida". Agora destaca aspectos e fatos do cotidiano, como as palavras de ordem inscritas nos muros, reflete sobre a inexorabilidade do percurso existencial e a fatalidade da morte, sem medo, seguro que não vai "tão cedo", desafiador, como se pode ler o poema que intitula o grupamento.

O ritmo e a musicalidade dos versos lhe são familiares, na sua condição de um dos compositores que fazem samba brasileiro da melhor qualidade. E o poeta conhece as fronteiras entre a letra de música e o verso autônomo, feito para a leitura e a dicção. Múltiplos são, nesse sentido, os usos rítmicos de que se vale, desde o emprego da medida tradicional, até o verso livre, que roça, por vezes, os limites da prosa. E tanto aproveita os efeitos da rima, como a expressividade dos versos brancos. É ver, por exemplo, a capoeira, revivificada no poema que leva este título:

No alto, um "V"
No chão, a mão.
O arco tenso
De volta ao chão.
Ginga São Bento
E o xingamento
Muleque é tu!

Calar meu braço, como?
Se o músculo
É tão maiúsculo?
Calar meu peito
Como?
Se a voz é antiga
E esta cantiga
É antes do tempo?

e mais esta passagem do poema-denúncia "História para Ninar Cassul-Buanga":

Chegamos:
Nosso suor foi o doce sumo de suas canas
– nós bagaços.
Nosso sangue eram as gotas de seu café
– nós borras pretas
Nossas carapinhas eram nuvens de algodão,
Brancas,
Como nossas negras dignidades
Dadas aos peixes.
Nossas mãos eram sua mão de obra.

e ainda o rigor do soneto "Parábola":

Importante é saber que a flor e o fruto
Não surgem da semente de repente.
Convém sempre esperar: Cada minuto
Seja a preparação para a vindima!

Que a irrigação da terra seja lenta
E intermitente, e cada grão lançado
Seja posto na terra com cuidado
Para que a messe venha ao natural.

Importante é saber que a terra é boa
Mas depende de onde e como e quanto
A inseminação deva ser feita.

Nada de adubos vãos nem de alquimias,
Que a flor e o fruto têm seu tempo e dia
Para se acharem prontos à colheita.

Traço peculiar é o aproveitamento do potencial das palavras de origem africana de que se vale. De um lado aquelas que se encontram incorporadas à língua portuguesa do Brasil, muitas de uso pouco comum, de outro, os termos dos cultos afro-brasileiros, de emprego mais restrito aos iniciados. Você, leitor, sabe, por exemplo, que alafiá quer dizer saúde, felicidade? E que candongueiro é contrabandista? Conhece cabula, um antigo culto afro-brasileiro de origem bantu? Já ouviu falar de eledá, anjo da guarda da tradição nagô? E de muamba, guisado da culinária africana? Sabe que quizomba é o mesmo que festa, dança, festival? Conhecendo ou não estes vocábulos, você os encontrará e a muitos outros termos similares trabalhados na linguagem do poeta, que poetiza também a partir dos rituais, como nesses versos de louvação a Ogum:

É ele que vem.
É quem? É quem?
É ele que vem.
É quem? É quem?

Ele sopra e o ferro derrete
Ele é um, ele é três, ele é sete
Ele corta, ele mata, ele mete
Ele é um, ele é três, ele é sete...

Alabedé, Omini, Ogunjá, Uarri,
Akorô, Mejê, Onirê
Ferreiro com guerreiro
Fazem:
– Ogum, Iê!!!

São versos que remetem ao ritmo de atabaques.

Sabedor de que muitas dessas palavras não frequentam o vocabulário médio do brasileiro, o poeta obriga-se a um esclarecedor glossário[1], constante do final do volume. Talvez a carga poética dos versos dispensasse essa presença, mas ela se torna elemento intervalar importante para a compreensão plena do sentido que ganham no contexto dos poemas. A atitude se torna ainda mais relevante numa produção poética que se insere no espaço valorizador da presença da contribuição do negro à cultura brasileira. Sobretudo porque, assim situado, o texto demanda uma leitura que, no caso sem descurar dos elementos fônicos, privilegia a carga conteudística. Nesse caso, a língua, ponto de partida, é altamente significativa.

Importante: em nenhum instante o texto guetifica o negro, num isolamento que correria o risco de alimentar o preconceito. Explico: se o negro limita a sua afirmação à caracterização de sua condição étnica e não reivindica o seu legítimo direito à cidadania, se não se insere na multifacetada realidade cultural brasileira, se, a exemplo da escrava Isaura, do romance de Bernardo Guimarães, faz o jogo cruel e histórico de reafirmar aquele "lugar" em que a tradição social pretendeu confiná-lo, a luta pela afirmação da identidade cultural perde muito de sua substância. E mais: somos, os brasileiros, uma gente mestiça. A literatura do negro, necessária diante da exclusão social e do preconceito, não deve representar oposição categórica à branquidade. Afinal, o inimigo não é o branco: mas o branco preconceituoso, em síntese, o racismo. Nei Lopes sabe disto. Seus poemas conseguem efetivamente superpor-se aos espaços epidérmicos e ao corporativismo negativo; trazem, isto sim, para a literatura a afirmação de elementos que vão dos espaços míticos, vale dizer, os que resgatam a memória coletiva, aos sócio-históricos, ou seja, os que destacam traços que fazem a história do negro enquanto grupo étnico. Não é sem razão que não restringe

1. N.E. O volume "Incursões sobre a Pele" incluía um glossário, dispensado nesta edição. Como aponta mais adiante Domício Proença Filho, o poeta e os editores avaliaram que a carga poética dispensa o recurso.

a temática à realidade brasileira. Seus versos se convertem legitimamente, em revelação de uma realidade que só há alguns anos frequenta a nossa literatura: a condição do negro e dos descendentes de negro assumidos como tal, no caso, na voz de um mulato, assumida por ele, como sujeito. E sua palavra, sem dilaceramento ou indicação à ruptura faz-se denúncia, valorização, afirmação de identidade cultural. Sobre abrir-se para espaços de dimensão solidária, através da arte literária, com os irmãos de causa e de etnia da África e da diáspora, converte-se em contribuição efetiva para o melhor conhecimento e redimensionamento da presença do negro na sociedade brasileira.

DOMÍCIO PROENÇA FILHO

orelha do livro incursões sobre a pele

A POESIA DE NEI LOPES, pelo ritmo, sutileza de expressão e uso eventual da paródia e humor, está firmemente enraizada na cultura musical do Rio, cidade onde nasceu. Isto, talvez, não seja surpreendente, se levarmos em conta que o autor é mais conhecido como compositor de sambas, tendo sido ligado ao falecido cantor Candeia e ao trabalho da Escola de Samba Quilombo.

Significativamente, sua coletânea de poesias *Incursões sobre a Pele*, que durante um período permaneceu inédita, inclui uma dedicatória para "todos os poetas do samba carioca", dedicatória esta que estabelece um vínculo entre o poeta e o compositor popular. Afastando-se do conceito de elitismo literário, Lopes é o porta-voz de uma tradição que vem dos modernistas de 1922. Afirmando a importância dos versos da canção popular, como literatura, sua poesia representa uma evolução, livre de referências estritamente musicais e sonoras, voltadas para o conceito de que a canção é uma obra escrita e, portanto, uma obra literária, com mensagem significativa.

A poesia de Lopes expressa, na forma e conteúdo, o vigor de uma personalidade cultural que é negra ou afro-brasileira em suas origens, uma cultura que se opõe à conformidade sufocante e às influências alienantes de valores burgueses, considerados como "brancos" quanto à origem e orientação.

No entanto, a consciência negra evocada por Lopes não é amarga nem estreitamente etnocêntrica – a negritude é, mais precisamente, sinônimo de libertação cultural e não conformismo social, consequentemente, um convite a todos os brasileiros para que se liberem, abrindo-se à realidade cultural que os cerca.

Apesar de terem perdido a independência ao cruzarem o Atlântico, oriundos da África, e da opressão sofrida sob a escravatura, os negros não somente resistiram e superaram dificuldades, como também criaram um mundo cultural, além da liberdade de expressão artística que lhes foi negada socialmente:

Nossos corpos tensos
Nossos corpos densos
Venceram quase todas as competições.
Nossos poemas formaram um grande rio.
E amamos e nos demos.
E nos demos e amamos.
E de nós fez-se o mundo.

A poesia de Nei Lopes é um hino à participação dinâmica dos negros na formação do Brasil. O reconhecimento de sua contribuição libertará todos os brasileiros das imagens negativas neles incutidas pela submissão à falsa cultura do "branqueamento".

DAVID BROOKSHAW
UNIVERSITY OF BRISTOL

índice de poemas

1ª edição	fevereiro 2014
impressão	printcrom
papel capa	cartão supremo $300g/m^2$
papel miolo	pólen bold $70g/m^2$
tipografia	rockwell e arnhem